# 紙屋ふじさき記念館

## 結《ゆい》のアルバム

ほしおさなえ

角川文庫
23424

# 目次



Kamiya Fujisaki
Kinenkan

目次・扉デザイン　西村弘美

# 第一話　手漉き和紙見本帳

# 1

三月末に記念館の片づけを終え、次の日からしばらくはただぼんやりしていた。
本来なら春から藤崎産業の本社でアルバイトをすると決まっていたのだが、藤崎《ふじさき》さんから、それもしばらく無理そう、という連絡が来た。

新型コロナウイルスの影響で、大学の卒業式、入学式も中止、小中学校も高校も休校、博物館、美術館、映画館も休館になっている。

藤崎産業はあいかわらずティッシュペーパーなどの家庭紙と、不織布マスクなどの医療部門が大忙しで、藤崎さんもそちらの業務にまわされている。出勤する社員の数を減らさなければならないという状況で、売り上げの少ない記念館関係の業務は当面お休み、と決まったらしい。

大学からも、新学期開始は延期という通達がきた。授業はオンラインに切り替える方針で、いまはその準備に追われているようだ。でも、授業をオンラインでおこなうって、どうやって……？　そんなことできるのだろうか。

パソコンやネットにくわしい莉子《りこ》に電話で訊《き》くと、ウェブ会議ツールを使うんじゃないかな、と言われた。

「ウェブ会議ツール?」

そういえば、母も最近会社にはあまり行かず、自分の部屋のパソコンに向かっている。打ち合わせや会議はそのウェブ会議ツールなるものを使っているみたいだ。大人数が参加できるビデオ通話らしい。

でも、まだ使い勝手がよくわからない。相手の顔は画面に映っているけれど、目は合わないし、どう話したらいいかわからない、とぼやいていた。

「大学からパソコンまたはタブレット、スマートフォンを持っているか、っていうアンケートが来たでしょ? ウェブ会議ツールならタブレットやスマホでもできるし、パソコンはともかく、いまスマホを持ってない人なんてそうそういないだろうし」

莉子が言った。

「じゃあ、そのウェブ会議ツールで、先生の講義の映像が流れてくる、ってこと?」

「映像の配信じゃなくて、リアルタイムで双方向だから、学生から質問することもできるよ。レポートの提出とかは『オンライン・キャンパス』を使うんじゃないかな」

「えっ、『オンキャン』? 成績の確認のときくらいしか見たことない」

オンライン・キャンパスとは、我が大学の連絡用のポータルサイトだ。教務課や学生課からの掲示連絡がきたり、授業のシラバスを見たり、レポートの提出ができたりする……らしい。

大学に入学したばかりのころはいちおう毎日チェックしていたけれど、学年があがるにつれてあまり見なくなり、正直どんな機能があるのかいまだにさっぱりわからない。レポートは授業時間内に出せばいいことだし、授業を選ぶときも先輩から話を聞くことの方が多くて、シラバスをじっくり見くらべる、なんてしたことがなかった。開くのは、成績確認のときぐらい。

「オンキャンはまあ、あんま見ないよね。掲示もいつのまにか溜《た》まっちゃって、どれが重要なのかよくわかんなくなっちゃうし。うちのゼミは、立花《たちばな》先生がオンキャンは使いにくいから、って言って、別のビジネスチャットツール使ってて、連絡は全部それ」

「そっか。立花先生はウェブツールにもくわしそうだもんね。そしたら、立花ゼミはオンラインになっても困らないんじゃない？」

「そうでもないんだよ」

莉子が即座に言った。

「講義とかはなんとかなるかもしれないけど、うちのゼミはけっこう取材とか行くから」

「あ、そっか」

莉子が所属している立花ゼミの専門はメディア論で、理論だけでなく、実際に雑誌を作ったり、ウェブサイトを作ったり、という活動があることで知られている。三年の後期には、三、四人ずつのグループに分かれて雑誌を作り、その出来を競うという課題があり、ゼミの目玉になっている。

雑誌は、教授が決めた土地に行き、グループそれぞれのテーマで取材をおこなってまとめるもので、去年の場所は町田《まちだ》。莉子もゼミ仲間と町田に行き、町田と絹の関係について調べ、雑誌にまとめた。

町田の駅の近くに「絹乃道」と書かれた小さな石碑がある。

幕末に横浜《よこはま》が開港したあと、八王子《はちおうじ》で生産された生糸が横浜に運ばれ、海外に輸出されるようになった。以前は八王子の生糸のほとんどは甲州《こうしゅう》街道で江戸《えど》に運ばれていたが開港後は横浜に運ばれるようになり、町田はその「絹の道」の中継点だった。

明治時代の日本では、生糸は貴重な輸出製品だった。国際的に大きな絹の産地だった中国（当時は清《しん》）がアヘン戦争で荒廃、欧州では蚕の病気が大流行して生糸が取れなくなった。それで、日本の生糸の需要が高まったのである。

八王子と横浜をつなぐ「絹の道」は、日本の近代産業を支えた道であり、外国人もこの「絹の道」を通って絹の買いつけをしていたらしい。莉子たちのグループは実際にその道筋に沿って横浜に向かって歩き、むかしの名残を写真に撮ってまとめた。

取材をおこなったのは秋、年末までに雑誌をまとめたので、そこまでは今回の騒動は関係なかった。しかし例年なら、雑誌の完成後、課題になった町の、立花先生が定めた店で販売会をおこなって売り上げを競う、というイベントがあるはずだったのに、二月にはいってだんだん状況が悪くなり、販売会は中止になってしまった。

「卒論も、たまに理論や既存の資料で書く人もいるけど、取材ベースで考えてる人の方が多いもん。わたしもそう。でも、いまの状況だと、取材にも行けないし」

「たしかに。いまはどこも閉まっちゃってるもんね」

「うん。いつまでこの状況が続くのかわかんないし、テーマも変えないといけないかも。その点、百花《ももか》の笹山《ささやま》ゼミは、文献にあたってまとめる感じでしょ？」

「そうなんだけど……。でも、オンラインの授業なんて、大丈夫かなあ。笹山先生はパソコンとか苦手そうだし。資料はいつもワープロで作った文章に、写真のコピーを切り貼りして、ところどころ手書きの文字もはいってて、手作り感満載で」

その手作り感満載の資料にはなんともいえない味わいがあって、わたしはすごく好きなのだが、笹山先生がウェブのツールが使いこなせるとはとても思えない。

「たしかに。笹山先生がパソコンやスマホを使ってるところはあんまり想像できないなあ。あのアナログ感がいいんだけどねえ。ほっこりするっていうか。でも、大学には高齢の先生も多いし、大学側でなんとかするんじゃないの」

「そうか。それに、いずれちゃんと授業もはじまるんだろうし、それまでのあいだのことだもんね。五月の連休明けくらいまでかなあ」

「どうだろ。そんなもんじゃ済まないんじゃないの」

博物館などの施設の臨時休館も、連休明けまでとなっているところが多かった。

「え、そうなの？」

なんとなく漠然と、連休明けくらいには大学に行けるのかと思っていたので、莉子のその言葉にちょっと驚いた。

「百花、知らないの？　緊急事態宣言っていうのが出るみたいだよ」

緊急事態宣言……。それが出れば、政府が企業に休業を要請することができるらしい。ニュースでそんな話を聞いた気がする。母も出るかもしれない、って言ってた。

「うちの父親の会社ではその対応で追われてるみたい」

たしかにヨーロッパやアメリカもたいへんなことになっているみたいだし、日本だってこのままなにもしないでいたら同じようなことになる可能性もある。だから、当然のことなのかもしれない、と思った。

「でも、そしたら卒論はどうなるの？　それに、採用試験は？　藤崎産業にエントリーシートは送ったけど……」

「うーん、hiyoriの試験もオンラインだって聞いたよ。このままいくと、オンラインになるところも多いんじゃないかな。どういうやり方なのかはさっぱりわからないけど」

オンラインの試験……？

莉子の言葉にどんどん不安が募った。

夕食のとき母に訊いてみると、やはり緊急事態宣言はまず出るだろう、と言われた。そうなれば、駅ビルやデパート、飲食店や街中のほとんどの店が閉まってしまうらしい。

「駅ビルやデパートが閉まる？　完全に？」

信じられず、聞き返す。

「そうなるわね。都内の大きな店は全部閉まっちゃうんじゃないかな。都県間の移動もできなくなるし、会社もテレワークできるところはすべてテレワークにして、出勤する人数を極力減らさなくちゃいけないみたい」

「そうなんだ」

「欧米でもロックダウンとかしてるでしょ？　ああいうふうになるんじゃないかな」

「え、まさか」

たしかに最初に流行した中国では地域が封鎖され、感染が爆発したヨーロッパでも三月ごろから全国的にロックダウン、アメリカでも都市によってはロックダウンされている。飛行機も飛ばなくなって、人が動くのを極力抑えるようにしているみたいだ。

「でも、日本ではまだそこまで感染者数は多くないんじゃないの？」

「まあねえ。でも感染は一気に爆発するものらしいから、東京だっていつ欧米の都市みたいになるかわからないんだって。だからいままでより強く行動を制限するみたい。お店は休業、会社もできるかぎりリモート。日常生活でも病院に行くとか、生活必需品の買い出し以外の外出は禁止になるとか……」

「そんなこと、できるの？」

「それをできるようにするための緊急事態宣言なんじゃないの？　ウイルスは人が運ぶ

わけだから、できるかぎり人との接触を減らさないといけない。無症状のこともあるみたいだから、知らないうちに自分もかかっていて、人にうつしてしまうことを考えたら……。とくに、高齢の人や持病がある人は死亡リスクもあるって話だし」

「それはそうだよね」

ニュースでは、子どもや若者が重症化したり死亡したりする例は少ない、と言っていた。危ないのは高齢者や持病のある人。高齢者という言葉で、飯田《いいだ》のてるばあちゃんや藤崎さんのお祖母《ばあ》さんの薫子《かおるこ》さん、ゼミの笹山先生の顔が浮かんだ。

てるばあちゃんや薫子さん、笹山先生に病気をうつしてしまうようなことがあってはいけない。この流行がおさまるまでは会うことはできない。

「不便になるわよね。外食はできないし、スーパーも時短営業になるみたいだし。買い物も基本的にはひとりで行くように、って。家族連れで行くのはダメって言われても、小さい子を家に残してくるわけにもいかないし、困る家もあると思うけどね。買いだめしようと思ったら荷物だって重くなるし……」

「コンビニは？」

「コンビニはわからないなあ。コンビニだけは終夜営業できるんだっけ……」

母が首をひねる。コンビニも時短営業になるかもしれないってことか。実家暮らしのわたしはあまり深夜にコンビニに行くことはないけれど、ひとり暮らしの学生たちにとっては痛手だろう。コンビニやファミレスで夜バイトしている子たちもいるし……。

「お店で働いてる人たちの給料はどうなるんだろ？　大学の友だちでも深夜バイトしてる子がけっこういるんだけど」

「そうだよねえ。営業しなくなればバイトも必要ないし、アルバイトや契約社員は解雇されちゃうのかもしれない」

「そんな……」

小冊子研究会のメンバーもバイトをしている人が多い。

莉子のhiyoriの仕事はほとんどオンラインになっていると言っていたし、三年生も、もともと自分でゆるキャラのサイトを作って即売会や通販で売っている石井《いしい》さんや、内容はよくわからないがウェブ関係の企業でバイトしているらしい乾《いぬい》くんは多分あまり影響を受けていないだろう。

でも、松下《まつした》さんは駅ビルの雑貨店でバイトしているし、その下の二年生も飲食店や販売店などのバイトが多かった気がする。

「わたしの会社はほとんどテレワークになってるけど。世の中にはそうできない仕事の方が多いだろうから……」

母は編集者だ。デスクワークが多いし、書類を宅配便でやりとりしたり、データで送ったりすれば、当面は仕事に支障はないみたいだ。

「政府が補償を出すってことになるんだろうけど、じゅうぶんな補償なんてできるわけないもんね。ほんと、早くおさまってくれないと」

母はそう言ってため息をついた。

翌週、緊急事態宣言が発出された。店のあかりも消えて、街は暗く、しずかになった。大学からは、授業は四月の下旬からオンラインで開講予定、という連絡がきた。

薫子さんたちとお正月の楮《かず》かしきに行ったころは、こんなことが起こるなんて思ってもいなかった。記念館の閉館イベントができない、と歯噛《はが》みしていたころも、まだこんなふうになるなんて思っていなかった、と思う。

——うーん、それはちょっとむずかしいかもしれないな。いまの世界の状況を見ていると、そんなに簡単にはおさまらない気がする。

藤崎さんの声を思い出す。記念館の片づけをしながら、わたしが、この状況も意外と早く収束するかもしれません、と言ったとき、藤崎さんは少し悲しそうな顔でそう言ったのだ。

——学校もいつ再開できるのかわからないし、来年度は大学もわからないよ。世の中がこれまでとまったくちがう状況になるのはまちがいない。感染症がいつのまにかおさまって、すぐにいつもの暮らしができる。これはそういうものじゃない気がする。

そのときに言われたことの意味が、いまになってわかった気がする。藤崎さんはこうなることをちゃんと予測していたんだな、と思う。藤崎さんはいつだって落ち着いているけど、あのときはいつもよりさらに落ち着いて、しずかな口調だった。

——仕方がない。こういう災いはいつだって予告なくやってくるものなんだ。いまのこの状況が現実。逃げることはできない。でも、さっきも言ったけど、永遠に続くわけじゃないんだ。だから、自分にできることをするしかない。永遠に続くわけじゃない。

自分にできることをするしかない。

藤崎さんの言葉が、遠くにかすかに光る灯台のように思える。

でも……。できることってなんだろう。できることがあるならなんだってしたい。でもウイルスに対しては、医療従事者じゃない自分にできることなんてない。藤崎産業のバイトの件も、目処《めど》がついたら連絡する、と言われたきり。家の外にも出られないのだから、なにもするな、と言われているようなものだ。

できることなんて、なにもないよ……。

情けない気持ちで、天井を見あげた。

2

四月末、大学の授業がはじまった。ただし、すべてオンラインである。

莉子のいる立花ゼミは、最初からウェブ会議ツールによるリアルタイムで双方向のビデオ通話で、立花先生から今後の方針についての説明があったらしい。

立花先生の見立てでは、この状況はまだ数ヶ月は続くのではないかということで、今年は三年のグループ課題も四年の卒論もオンラインで扱えるものに切り替えていこう、と言われたのだそうだ。

だからと言って、取材が不可能というわけではない。当面は直接現地に行く取材はできないが、インタビューはオンラインでもできる。頭を切り替え、できることを探っていこう、ということになったと言っていた。

話を聞きながら、すごいなあ、と思った。わたしたちのゼミの方は、最初の講義の際はビデオ通話なんてものはなく、先生からの文書が一通届いただけ。そこには、こんなことが書かれていた。

皆さん、こんにちは。
たいへんなことになってしまいましたが、元気にお過ごしでしょうか。
わたし自身はいまのところ健康なのですが、家族にも止められ、ひたすら引きこもった生活を続けています。
皆さんも、アルバイトに支障が出たり、生活で不便があったり、苦労されているかもしれませんが、大学でもいろいろ支援を考えているようなので、なにかあればわたしのところにメールをください。力になりたいと思います。

さて、ゼミのことですが、大学からはオンライン授業のためのさまざまなウェブツールを紹介され、講習も受けようと思ったのですが、そもそもその講習がオンラインだったため、受け方もよくわからず、挑戦したのですがうまくできませんでした。

パソコンが古いからかもしれません（なにしろ十五年以上使っている機械ですので）。これまでパソコンはワープロとメールのやりとりくらいにしか使っておらず、ほかの使い方はまったくわからない。まさかこんな事態が起こるとは思っておらず、こんなことならもっと若いうちにパソコンのことも勉強しておけばよかった。

年を取って、情けないことです。

さいわい、同居している娘がＩＴ関係の企業に勤めており、先日困り果てて相談したところ、今度パソコンを買うところから手伝ってくれることになりました。はじめはうまく使えないかもしれないのですが、少しずつ慣れていきたいと思っています。

皆さんにはたいへん迷惑をかけますが、皆さんがきちんと卒業論文を書くことができるよう、なんとしてでも、しっかり指導をおこなうつもりです。

ただし、今週は準備が間に合わないので、課題をあげておきます。今日の授業ではそれぞれこちらを考えていただき、仕上がらない場合は宿題として、来週のゼミまでに考えておいてください。

課題は、卒論の計画です。春休み前にもお話ししておきましたが、自分がなにを題材にして、どのようなテーマで書きたいのか、自分なりの計画をまとめてください。

いまは大学の図書館も、公共の図書館も閉館しています。いつ開くのかわからないので、文献を集めるにも苦労するかもしれません。

ですので、必要に応じて、わたしの書斎にある資料をお貸ししようと思っています。さいわい、大学の教授室の片づけにともない、うちにはかなりの数の論文があります。家のものからは早くなんとかしてくれ、と白い目で見られていますが（笑）。

本来なら、皆さんに直接ここにきていただいて、自分で論文を探す作業をしてもらいたい（それこそが研究者の本分でもありますので）ところなのですが、今回ばかりは仕方がありません。皆さんの計画を見ながら、必要な論文についてアドバイスをおこない、うちにあるものはコピーを取って宅配便で送るようにします。

まずは、なにを研究したいか、自分の力でしっかり考えてください。

わたしも、できるだけ早くオンラインの授業ができるようにがんばります。


笹山先生は今年七十歳になる。夏目《なつめ》漱石《そうせき》や森《もり》鷗外《おうがい》のような口髭《くちひげ》があり、髪も髭もほぼ真っ白。定年を控え、数年前までは授業も受け持っていたが、昨年からは卒論ゼミだけになった。

今年が最後のゼミということで、本来卒論ゼミは三、四年生で構成されるのだが、今年は三年は取らず、わたしたち四年しかいない。三年がいないので、卒論指導だけでのんびり進められますね、と笑っていたが、それどころではなくなってしまった。

だが読んでいるうちに、笹山先生の深みのあるやわらかな声が耳のなかによみがえってきて、少し気持ちがほぐれた。

大丈夫かな、笹山先生。パソコンはかなり苦手そうな雰囲気だったけど、できるようになるんだろうか。

まあ、わたしも含めて笹山ゼミの学生もパソコンが得意じゃない人が多い気がするし、みんなで手探りで進めていけるからいいのかもしれない。むしろ、立花ゼミみたいにツールがどんどん出てきて、それに対応しなければならない方がしんどい気もした。

それにしても、卒論、どうしようかな。

パソコンに向き合いながら、じっと考える。

三年次の最後のゼミで、来年度の最初のゼミまでに、卒論でなにを研究したいか、イメージを固めてきてくださいね、と言われていたのだが、記念館の閉館イベントのことや世の中の騒動のせいで、卒論のことはすっかり忘れてしまっていた。

でも、こうして笹山先生の文章を読んでいるうちにだんだん気持ちが落ち着いてきて、藤崎さんが言っていたいま「自分にできること」は、卒論ということなのかもしれないな、と思った。

もう記念館もないし、その後、バイトに関する連絡もない。入社試験に関する連絡もまだ来ていない。

できるだけたくさんエントリーシートを送るという方針の人もいるが、わたしにはそれはできそうにない。とにかく、いまは藤崎産業を受ける。ほかを考えるのは、藤崎産業がダメだったとき、と決めていた。

となると、いまわたしが取り組むべきなのは卒論だけということになる。これまでのレポートにくらべて格段にたいへんそうだし、正直はじめるのが怖い気もしていたが、集中して向き合うことができるのかもしれない、と思い直した。

笹山先生は大正・昭和の童話や童謡が専門で、とくに小川未明《おがわみめい》にくわしい。ただ、近現代文学ゼミというくくりなので、童話や童謡にかぎらず、なにを扱ってもいいことになっている。ただし明治時代は栗原《くりはら》先生、昭和末期以降は平《たいら》先生が担当しているので、笹山ゼミではおもに大正から昭和中期までの作家が対象になる。

わたしが笹山ゼミを選んだのは、時代区分というより、笹山先生の授業に惹《ひ》かれたから。とくに笹山先生の専門である小川未明の話が好きだった。童話なのに薄暗くて、怖い。でもとてもうつくしいのだ。

授業やゼミでほかの作家についても学んだけれど、最初に『赤い蠟燭《ろうそく》と人魚』に関する講義を聞いたときの衝撃を超えるものはなかなかなかった。

やっぱり、童話がいいのかな。せっかく笹山ゼミにいるのだから小川未明について書きたい気もするけれど、今年のゼミ生のなかには、少なくともふたり、小川未明を扱いそうな人がいる。題材がかぶらないようにするのはむずかしいかもしれないし……。

それだったら、童謡にした方がいいのかもしれない。モリノインクとのコラボで童謡を扱ったり、自分の名前が『春の小川』に由来していることを知ったり、藤崎さんのお母さんで歌手のめぐみさんのリサイタルに行き、めぐみさんが日本の童謡を歌うのを聴いたり、ということがあって、童謡の世界にも惹かれるようになった。

うーん……。

そう簡単には決められないよね。なにしろ、今年一年つきあう課題だし、研究をするのなんて一生に一度のことだろうし。悔いのないようにしたい。

うちは年代も大学もちがうけれど、父も母も文学部日本文学科の出身だ。母の専門は中古文学で、卒論はたしか『和泉《いずみ》式部日記』。父はなんだったんだろう。そういえば父の卒論の話は聞いたことがない気がする。今度母に訊《き》いてみよう。

作家だった父が大学のころどんな本を読み、どんな卒論を書いたのか、気になる。父が生きていれば、こういう話だってできたんだろうけど……。就活の話も、父や母の時代とはいまはまったくちがうけれど、話を聞いてみたかった気がした。

これまでの授業の記録や資料と向き合っていろいろ考えたけれど、時間内に卒論のテーマを決めることはできなかった。それで、笹山先生にメールだけ送ることにした。

たいへんなことになってしまいましたが、お元気そうなご様子にほっとしました。

わたしも元気です。

オンラインの授業のことは、わたしもよくわからず、不安でいっぱいです。みんなそうだと思いますので、しばらくこういうふうに、メールでやり取りするのでも大丈夫だと思います。

卒論のテーマはまだ決まっていません。童話にするか童謡にするかで迷っています。でも、来週までにはきちんと決めます。

しばらくはビデオ通話になってしまうのかもしれませんが、先生にお会いできるのを楽しみにしています。

このような状況ですので、お身体に気をつけて、どうぞ無理なさらないでください。


そんなふうに書いて送信すると、先生からすぐにメールが返ってきた。みんなもわたしと同じようにメールを送っていたらしく、メールでもみんなの様子がわかってとてもうれしかった、と書かれていた。そして、卒論のテーマを楽しみにしている、とも。

──わたしの方も、ちゃんとオンライン授業ができるよう、態勢を整えておきます。また会いましょう。

最後にそう書かれていた。

その夜、小冊子研究会の三年生（三月までは二年だったのでつい二年と言いそうになるが）の石井さんから、明日《あした》グループ通話でオンラインミーティングを開きたい、という連絡がきた。

石井さんは今年の部長である。イラストレーター志望で、スイーツのゆるキャラで同人誌やスタンプを作っている個性派だが、頭も切れる。冊子のデザインや編集も受け持ってくれて、ハイスペックな三年のなかでも、とくにパワフルな存在だ。今年から莉子と同じ立花ゼミにはいっている。

副部長は乾くん。高校時代から四百字以内の超短編ミステリを作り続け、ブログで発表し続けている。理論派で、ミステリ、鉄道、歴史にくわしい上、ウェブ関係もひととおりできる。そしてどうやら、けっこう名家のお坊ちゃんらしい。乾くんも立花ゼミである。

書記・会計が松下さん。黒髪の和風美人で、子どものころから短歌を作り、字もめちゃきれいという属性を持つ。書道もできるし、万年筆にもくわしい。平安《へいあん》期のかな文字に興味があるらしく、小冊子研究会としてはめずらしく、中古文学ゼミにはいった。

今回のオンラインミーティングの議題は、新入部員の勧誘について。

例年、入学式のあと、新入生のオリエンテーション期間中にサークルの勧誘をおこない、そこで新入部員をゲットする。去年は石井さんたちのがんばりで、弱小サークルである小冊子研究会にもなんと六人の新入部員が加わった。

しかし、今回は大学にもはいれないし、サークル勧誘もできない。といって、今年は新入部員なしでいい、とするわけにもいかない。

スタートはだいぶ遅れたが、どうやらサークル勧誘も含め、今年は一年向けのオリエンテーションもオンラインでおこなうことになったらしい。授業で使うのと同じウェブ会議ツールを使ってリアルタイムでのやり取りもおこなうが、各サークルの情報を掲載したPDFも配布するということだった。

連絡が来たのが昨日、原稿の締め切りが来週火曜ということで、急きょミーティングを開くことにしたのだそうだ。わたしたち四年は就活もあるし、本来なら三年にまかせて引退なのだけれど、オンラインだということもあって、オブザーバーとして参加することにした。

――それでですね、サークル紹介用のPDFには、コメントと活動概要が載せられることになってるんです。コメントの字数は四百字まで。概要としては、活動日、活動時間帯、活動場所、部費、それに交流大学、加盟団体……。

ミーティングがはじまると、石井さんが文面を読みあげるように言った。

――提出は来週の火曜なんですよね？　あと四日しかないじゃないですか。

二年の根本《ねもと》くんが訊く。根本くんは細身で長身、なかなかの美形で、同学年の女子たちのあいだでは「神秘的で素敵」と評判なのだそうだ。しかし、性格は好奇心旺盛《おうせい》な小学生男子で、いつも騒がしい。そしてどうやら松下さんのファンらしい。

——まあ、そうなんですけど……。オリエンテーション委員も、いろいろばたばただったんじゃないですかね。連絡来たのが昨日で……。

——その活動概要って、写真もOKなんですか?

二年の稲川《いながわ》くんが訊く。乾くんの超短編ミステリに惹かれて入部したようで、乾くんとよく話している(といっても、大半は乾くんがしゃべっていて、稲川くんはうなずいているだけなのだが)。長身で実直で口数少なめだが、ときどき鋭いことを言う。

——写真は一枚だけ掲載可能みたいですね。

石井さんが答えた。

——一枚だけですか。なににするか迷いますねえ。わたしが撮ったものなら全部保存してありますし、使えそうなものを選んで提出しますよ。

同じく二年の中条《なかじょう》さんが言った。中条さんはカメラ女子で、いつも一眼レフを持ち歩いている。ひとつ上の代は森沢《もりさわ》先輩、うちの代では莉子が記録係をつとめていたが、いまは中条さんがその役割を負っている。

——やっぱりこれまで作った冊子の写真じゃないでしょうか。活動の中心ですし。

天野《あまの》さんが言った。川越《かわごえ》にある活版印刷の工房・三日月堂《みかづきどう》でアルバイトをしているしっかり者だ。大学に入学してすぐ、記念館で働いているわたしを訪ねてこのサークルにやってきたところを勧誘し、入部することになった。

――それなんですけど……。ちょっと考えたことがありまして。

石井さんがそこまで言っていったん間を置く。

――コメントと活動概要と写真じゃ、引きが弱いと思うんですよね。コメントの内容は自由って書いてありますし、リンクを入れても大丈夫だと思うんです。だからですね、この際、小冊子研究会のサイトを作ってはどうか、と。

石井さんの言葉に、なるほど、と思った。

石井さんは自分のサイトを持っているし、乾くんもブログを運営している。わたしも去年、見よう見まねで記念館のサイトを作ってみた。ウェブサイトビルダーを使ったので初心者のわたしでもわりと簡単に作ることができた。

でも、提出は来週の火曜日。さすがにそれまでにサイトを全部を整えるのは無理なんじゃないか。

――サイト……ですか？

二宮《にのみや》さんの声がした。イラストレーター志望で、石井さんの絵に惹《ひ》かれて入部した。実用的なイラストを目指して勉強中で、イラスト用のソフトも使いこなせる。部活では石井さんの助手的な存在だ。

――作れるんでしょうか？　いえ、石井先輩や乾先輩は自分のサイトもあるから、なにも知らないわたしが口をはさむのもおかしいかもですが……。

鈴原《すずはら》さんの心配そうな声も聞こえてくる。西園《にしぞの》先輩の『地域猫通信』に惹かれて入部した、ゆるゆわ系女子。地方から出てきた下宿生である。

——サイトを作ること自体は、そんなにむずかしくないと思うよ。去年記念館のサイトを作ったけど、PCが苦手なわたしだってできたくらいだから……。

横からそう言ってみた。

——いや、でも、提出は火曜なんですよね？　それまでに一からサイト作るって、さすがに無理じゃないですか？　構築はウェブサイトビルダーを使うにしても、素材だって必要ですよね。写真を選んだりもしなくちゃいけないし。あと四日しかないんですよ？

中条さんが言った。

——いや、それがそうでもないんですよ。

石井さんが、ふふふ、という口調で言い切った。

——来週の火曜というのは、あくまでも原稿の締め切りで、オリエンテーション委員会がそれをまとめてPDFにするのに数日はかかるはず。

——あ、なるほど！

石井さんの言葉に、莉子が声をあげる。

——つまり、プラス二、三日の猶予はあるってことか。とりあえずURLだけ決めちゃって、文中にはそれを載せておく。中身はサークル紹介のPDFが新入生に配られるまでのあいだに作ればいい、ってことだね？

——そういうことです。

石井さんが得意げにうなずく。

——でも、それでほんとにいけるのかな？　オリエンテーション委員会だって、リンクがあればちゃんと機能するかどうかくらい調べるだろ？　そのときサイトが空っぽだったら、なんか言われるんじゃないか？

乾くんが言った。

——まあ、それはそうですね。だから、ある程度までは作っとかないといけない。トップページと、活動内容のページくらいは埋めておかないと、と思いまして……。とりあえず昨日、途中まで作っておきました。

——えええーっ。

——早っ！

中条さんと莉子がほぼ同時にしゃべったようで、音声が少し乱れた。

——いま送りますね。

石井さんがそう言って、チャットでURLを送ってきた。

リンクを開くと、トップページに石井さんが作った小冊子研究会のマスコットキャラ「ショー」と「サッシー」のイラストとともに、小冊子研究会というロゴが現れ、その下に活動概要と小冊子研究会の年表が記されている。

——石井先輩、すごい！　めっちゃ素敵です！

鈴原さんが感嘆の声をあげる。たしかにすごい。わたしが作った記念館のサイトは、最初はもっと素人っぽいものだった。藤崎さんに手を入れてもらったり、自分でもちまちま手直ししたりして、いまはだいぶ形も整い、内容も充実したけれど。

石井さんの作ったサイトは、まだトップページだけしかないとはいえ、文字の大きさもイラストの入れ方も洗練されていて、めちゃくちゃかっこいい。

——石井先輩、神ですね！

——ありがとうございますっ‼

二宮さんと中条さんが口々に言った。

——うちの大学のサークルの名前で検索してみたら、文化系サークルはサイトがないところが多いんですよ。文化系のなかでも音楽や演劇関係は公演があるからSNSのアカウントくらいは作ってるところが多いんですけど、文学系ではそれも皆無なんです。文芸部もミステリ研究会も漫画研究会も児童文学研究会もサイトは作っていない。つまり……。

石井さんがひと呼吸置く。

——ここでわが小冊子研究会がサイトを作れば、競合サークルに大きく水をあけることができる……。

——つまり、文芸部に勝てる！

莉子がそこに反応する。

また文芸部か……。去年の新入部員勧誘のときも、このふたりは「打倒文芸部」とか言って意気投合してたっけ。しかし、なぜそんなに文芸部を目の敵にしているのか。

　文芸部は大きなサークルだし、サイトを作ったくらいで勝てるとも思えないが、この「打倒文芸部」という旗印が、石井さんと莉子の意欲を支えているのはまちがいない。

――まあ、文芸部に勝てるかはわからないけど、サイト作るのは悪くないよね。僕もむかしからあった方がいいと思ってたから。

　乾くんが同意した。

――けど、石井さん、ほんとすごいね。オリエンテーション委員会から連絡が来たの、昨日なんでしょ？　それでここまで作っちゃうなんて。

　莉子が言った。

――いやあ、新型コロナのせいで、外にも出られないじゃないですか。連休中に出る予定だったイベントも中止になっちゃって、要するにやることなにもないからヒマでヒマで。すごい、っていうか、すごいヒマ、ってことですね。

　石井さんが、ははは、と笑う。

――たしかにそうだよなあ。イベントも中止だし、外に出ようにも行く先もないし。

　乾くんが笑った。

――まじヒマなんですよ。起きてる時間はほぼスマホながめてる状態で。

　根本くんがため息をつく。

――実家にも帰れないですし。

鈴原さんの声は悲しそうだった。

――春休み、帰ってないの？

中条さんが訊《き》く。

――いろいろ考えて、今回はやめました。

稲川くんが答えた。稲川くんも鈴原さんと同じく下宿生らしい。

――わたしも帰ってないよ。

莉子が言った。

――授業が終わったところですぐに帰っちゃえばよかったのかもしれないんだけどね。でも、hiyoriのインターンとかいろいろ用事もあったし。

莉子の実家は秩父《ちちぶ》である。電車でいってもたいして時間はかからないが、それでも埼玉県。都県間の移動になる。

――でも、荒船《あらふね》先輩の家は秩父ですよね？　それくらいだったら通勤してる人だっているんじゃないですか？

――いやあ、うちは父親に持病があるから。それで会社も全部リモートにしてるくらいだし。東京からはちょっと帰りにくい雰囲気なんだよね。

中条さんの問いに莉子が答える。

――うちは祖父母が同居なんで、うつしてしまうこともあると考えたら……。

稲川くんが息をついた。

──わたしの実家のあたりでは、東京から人が帰ってくるっていうだけでパニックになりそうだから、って言われて。

二宮さんも言った。たしか二宮さんの実家は愛媛県だったはずだ。四国全体を合わせても、感染者はたいした数じゃないだろう。

──緊急事態宣言が出たからって関所があるわけじゃ、ないんですけどね。

──関所……って、入り鉄砲に出女じゃあるまいし。

根本くんが皮肉っぽく言う。

──いや、全然冗談じゃないんですよ。関所はないけど、近所の目がありますからね。町の人が車のナンバープレートをチェックしてる、とか、東京から娘が帰ってきたことで家に石を投げられて夜逃げした家族がいるとか、いろんな噂を聞きますから。

──とくにわたしたち若者は、かかってても無症状のことも多いっていう話ですし。だから余計、みんな怖がるんですよ。わたしたちだって、絶対にかかってない、とは言い切れないわけで。

稲川くんと二宮さんが口々に言った。

──でも、そしたら下宿生はみんな家でずっとひとりってこと？

中条さんが訊いた。

──そうですね。バイト先も閉まっちゃったんで、当分仕事もないですし。まあ、仕送りはあるし、出かけないからお金もかからないので、しばらくはなんとかやっていけると思うんですが。この数週間、ほぼだれにも会ってないです。

鈴原さんが答えた。

――そうだね、外に行くって言っても、近所のスーパーとコンビニくらいだし、レジの人とは会話しないし。

二宮さんが言った。

――それ、やばくない？　その状態続いてたら、病んじゃうよ。

中条さんが言った。

――そうなんですよ。いちおう大学の授業ははじまって、ウェブ会議ツールを使うと、画面にみんなの顔が映るじゃないですか。あ、なつかしい、ってときどき涙が出そうになったりして、自分、やばいな、って。

鈴原さんがははは、と笑った。

――でも、授業だと学生同士話すことってないんですよ。授業が終わるとぷつんと終了。とたんに部屋が無音になって、ひとりっきりだー、ってなる。

――一年生も映りますけど、どういう人なのかさっぱりわからないですからね。僕たちはまだ一年のときに友だちができてるから、チャットしたり通話したりできるけど、いまの一年はそれもないわけでしょ？　どうしてるんだろう、って心配になります。

みんな、人と顔を合わせることも、話す機会もなく過ごしてきたのだろう。おさえていたものが爆発したみたいに雑談が続いた。

授業についても、下の学年はみなたいへんそうだった。ウェブ会議ツールを使っていつもと同じように淡々と授業を進める先生から、オンキャンに課題を提示するだけの先生までいろいろ。オンラインツールも先生によって使うものがちがうため、そのたびにいちいちアプリをインストールしたり、登録したりしなければならない。

──まあ、おかげで、オンラインのツールについてはだいぶくわしくなりましたけどね。

稲川くんが笑った。

──そうですね、わたしはネットとか苦手で、はじめのうちはインストールとか登録とか言われるたびにパニクっちゃってましたけど。

鈴原さんが言った。

──わからなくてもまわりに訊ける人がいるわけじゃないし、焦りますよね。先生もいちおう教えてくれるけど、そもそも用語を知らないと、なに言ってるかわからないし。

天野さんが同意する。

──三本線のとこ、とか、三つ点がならんでるとこ、とか言われても、すぐに探し出せなかったりして。

鈴原さんが笑った。

──でも、まだまだ課題山積みですよね。語学の授業なんかは、ひとりひとりの発音をチェックしなくちゃいけないし、どうすればいいか、先生たちも試行錯誤してるみたいですし。僕たちもたいへんだけど、先生たちもたいへん、ってことなんでしょうね。

稲川くんが言った。

――あ、すみません、新入生勧誘の相談だったのに、脱線してしまって。

鈴原さんがはっとしたように言う。

――まあまあ、それはいいですよ。雑談もサークルの本分ですから。用件だけ話す、とかになったら、それはサークルじゃなくて、仕事ですよ。

石井さんが笑った。

――そうだね。おたがいに日ごろ感じてることを少しでも話せたら、気もちも楽になるし。こういう機会はこれからも設けたいよね。

乾くんにしてはめずらしく、人情味のある発言である。石井さんも乾くんも大人になったなあ、とちょっと驚いた。

――では、サイトの方に話を戻します。まだトップページだけしかありませんから、これから充実させていきたいと思ってまして。

――じゃあ、これまでに作った冊子をPDFにしてあげるのは、僕がやっとくよ。入稿データは共有フォルダにあるから、それをアップするだけだから。

即座に乾くんが言った。

――あの、記録写真のページを作りませんか？　去年のものでよければ、新歓と夏の遠足、大学祭のときの写真は全部保存してありますし。

中条さんが申し出る。

——じゃあ、写真の選択と合わせて、そこは中条さんにまかせる。できるだけ冊子に使ったのとはちがう写真を選んで。

——ですね。あと、サークルの雰囲気がわかるように、少し砕けた写真もピックアップしときます。行事のときだけじゃなくて、ふだんの活動の様子も入れて、大学祭は準備段階から入れる感じで……。サイトのシステムはなにを使ってるんですか？　パスワードさえ教えてもらえば、わたしの方でアップできると思います。

中条さんが訊くと、石井さんはチャットで、ログイン画面のURLとアカウント名、パスワードを送ってきた。これでだれでもログインして編集できる。

——小冊子研究会の活動方針と沿革は僕がまとめとくよ。あとはうちに五年前くらいまでの冊子があるから、表紙の写真を撮って、目次を掲載して……。

乾くんが言った。さすが三年はあいかわらず優秀である。

——わたしたちもなにかできることはないですか？　サイトとかよくわからないんですけど、できることがあれば手伝います。

鈴原さんが言った。

——そしたら、二年は中条さんの写真選びの手伝いと誤字のチェックをしてもらおうかな。僕が活動方針と沿革の草案をアップしたら、天野さん、稲川くん、鈴原さんが内容をチェック。誤字とか意味不明のところを指摘する。二宮さんと根本くんは中条さんの写真選びを手伝う。

——活動方針と沿革、既刊の写真と、活動の記録写真があって……。去年の冊子の内容も見られるんですね。それだけあればサイトとしてはじゅうぶんですよね？

天野さんが言った。

——いや、実はもうひとつ、考えていることがあって……。

石井さんが低い声で言った。

——なんですか？

——サイトには動画をあげることもできるんですよ。正確には、直接動画を貼りつけることはできないけど、動画サイトにアップしてリンクを貼れば……。

——なるほど！　記録ページに写真だけじゃなくて、映像も載せる、ってことですね。

——そうか、映像もあった方が楽しいですよね。遠足や大学祭のときに動画も撮りましたし、編集して一本の映像にすることもできると思います。

根本くんと中条さんが言った。

——ノンノンノン！　もちろんそういう動画もあったらいいと思うけど、わたしが考えているのは、ずばり、トレーラーです！

石井さんが言い切った。

——トレーラー？

鈴原さんが訊《き》いた。

——映画の予告映像だよ。映画館とかテレビで流れるような。

乾くんが答えた。

——SNSでもときどき流れてきますよね。

中条さんが言う。

——正直、写真や動画がならんでても、みんなそんなにていねいに見てくれないと思うんですよ。入部の意思がある人は見てくれるかもしれないけど、それ以外の人はね。それより、一瞬でこう、がっ、と人の心をつかむのが大事だと思うんですよ。

——一瞬で？

——がっと？

鈴原さん、二宮さんのつぶやきが聞こえてくる。

——そうです。せいぜい上限三十秒くらい？　だから、これまでの写真と映像を合わせて編集して、予告動画風のものを作ってアップする。それで、お？　と思えば、なかをくわしく見てくれるかもしれない。まずは驚かせることが肝心かと。

——なるほどねえ。まあ、そりゃあったらいいとは思うけど……。でも、だれが作るの？

乾くんが突っこむ。

——もちろん、わたしが作ります！

石井さんが即答した。

——いや、待って待って。

莉子の声がした。

――だったらわたしも協力するよ。動画の編集は結局ひとりでやった方がいいと思うけど、素材集めがあるでしょ？　写真や動画も中条さんの選んだもののなかからさらにセレクトしなくちゃいけないし、曲の候補も探さなくちゃならないし……。

――たしかに。そうですね……。

――曲……って、音楽もつけるんですか？

鈴原さんが訊く。

――つけるでしょ。いや、音楽まじ大事だから。音楽ないとまじ盛りあがらないから。

莉子が当然のように言った。

――ですね。あれは、音と映像のマリアージュなんですよ。映像と音楽の切り替わるタイミングがピタッとはまると、めちゃいい感じになる……。映画のトレーラーもそれがうまいからつい見ちゃうわけで。

――そうそう、あと文字もね。

またしても莉子と石井さんがすっかり意気投合している。

――そしたら、自分、音楽作れますけど。

根本くんが言った。

――えっ？　ほんとに？

――著作権フリーの音源探してもいいですけど、自前の曲なら長さとかの微調整もできますし。ゲームミュージックを作りたくて、これまでに作り溜《た》めたものもありますから、あとでサンプルを送りますよ。

——いやいや、そんなの作りはじめて大丈夫？　提出期限まで四日しかないんだろ？

乾くんが冷静な口調で忠告する。

——いや、だから、さっきも言ったように、締め切りの時点では体裁だけ整っていればいいわけで。動画は資料が新入生に配布されるまでのあいだに完成させれば……。

——それっていつだよ？　二、三日、って言ってたけど、正確な配布時期はオリエンテーション委員しかわからないんじゃないか？

——あ、それだったら、わたし訊いてみます。友だちでオリエンテーション委員やってる子がいるんです。

二宮さんが言った。

——それだけじゃなくて、実際のオリエンテーションも来週末に迫ってるわけだよね？　資料も大事だけど、リアルタイムの説明も大事じゃないか？　プレゼン内容も練らないといけないし。

乾くんが言うと、石井さんはぐっと黙った。

——わかった。じゃあ、乾くんがプレゼン担当ってことで。

一瞬の沈黙のあと、石井さんがそう言った。

——え、僕？

——乾くん、トークがうまいじゃないですか。謎の説得力があるし。

——そ、そうかな？

——じゃあ、さっきの役割分担はちょっと訂正。乾くんはサークルの概要と沿革をまとめて、プレゼンのスピーチの草稿とパワーポイントを作る。鈴原さんがサイトの誤字チェック。稲川くんは乾くんのパワポの作成を手伝う。中条さん、二宮さん、天野さんが写真チームで、荒船先輩と根本くんとわたしが動画作成。

いつのまにか莉子はスタッフに取りこまれている。自分でやるって言ってたし、まあ、いいのか。

——え、なにその無茶振り。概要と沿革とスピーチの草稿とパワポって……？

乾くんはやや不満げだ。

——映像制作よりは負担がないと思いますけど？

——いや、映像は石井さんが勝手に言い出したことで……。本来はなくてもいいわけだから……。

——大丈夫ですよ。自分、パワポにはけっこう慣れてますから。手伝います。

稲川くんがなだめるように言った。

3

ミーティングが終わったあと、莉子とふたりで通話した。

——三年、頼もしくなったよねえ。

莉子がしみじみと言った。

——うん。もともとハイスペックだったけど、磨きがかかったっていうか。まかせても安心、というか、莉子はともかく、はっきり言って三人ともわたしよりずっと仕事ができる。

あれ、三人……？　そういえば松下さんはどうしたんだろう。ミーティングのとき、発言がなかったような……。最後に決めた役割分担にもはいっていなかった気がする。

——まあ、石井さんと乾くんはね。心配なのは松下さんで……。

莉子が言った。

——全然しゃべってなかったね。参加してたのかな。

——うん。アイコンはあったから参加はしてたと思う。

ミーティング中、わたしは話の流れに夢中でそこまで気がつかなかったけど、莉子はしっかりチェックしていたみたいだ。

——発言できない状況だったとか？

移動中や部屋に家族がいる場合も、通話を聞くだけならイヤホンをつければいい。ただし、聞くことはできても、話すことはできない。

——ちがうと思う。そういうことならチャットで発言することだってできるわけだし。最後の役割分担からも外れてたでしょう？　松下さん推しの石井さんが松下さんの存在を忘れるわけはないんだし、発言がなくても仕事を振ることはできるでしょう？

たしかにその通りだ。みんなで情報を共有するためにも、あの場で口頭で松下さんに仕事を振って、もし無理ならリアクションで答えてもらうことだってできるはず。

——つまり、わざと仕事を振らなかった、ってこと？

——たぶん。

莉子はそれだけ言って、じっと黙った。

——実はさ、前に石井さんから、松下さんの様子がおかしい、って聞いてたんだよね。

——そうなの？

初耳だったので驚いた。

——松下さん、駅ビルの雑貨店でバイトしてたでしょ？

——うん。憧《あこが》れの店でバイトできるようになった、って言ってたよね。

文具中心の雑貨店で、わたしはまだ行ったことがなかったが、写真を見るかぎり雰囲気のある素敵な店だった。かわいいというより、渋い雰囲気。高級感のある調度品で統一され、商品もシックで大人っぽいものが多いのだそうだ。

松下さんが大好きな万年筆も、有名な高級ブランドはもちろん、限定商品のデッドストックなど、マニアが泣いて喜ぶ品がそろっているらしい。

ずっと憧れていた店でアルバイトの募集があり、ほんとうは学生バイトは不可だったのだが、石井さんのアドバイスで字のうまさをアピールしたところ、特別に採用してもらったのだと言っていた。

——そうなんだけど……。そのお店、駅ビルにはいってたから休業要請の対象になって、バイトは全員解雇になっちゃったみたいなんだよね。

——全員？

——正規社員のほかは突然全員解雇されたんだって。それでかなり落ちこんでる、って石井さんから聞いたんだよ。けど、松下さんは自宅生だし、生活に困るわけじゃないから、そのときはあまり大ごとだと思わなかったんだ。だから百花にも言わなかった。

バイトがなくなったのはわたしも同じだけど、わたしの場合は記念館がなくなることはだいぶ前から決まっていたことだし、突然解雇されるのとはだいぶ事情がちがう。

——けど、それだけであそこまで無言になるのはちょっとおかしい気もするんだよね。それに、石井さんも乾くんも、松下さんに全然話を振らなかったでしょ？　これまでだったら、発言がないときには、松下さんはどう思う、って訊《き》いてたと思うんだ。

——たしかに。つまり、松下さんは発言できないくらい不調で、石井さんも乾くんもそれを知ってた、ってこと？

——そうとしか思えないよね。

——二年は気づいてないのかな。

——どうだろう。三年のふたりがうまく会話をまわしてたから、みんな気づかなかったかもしれない。

詳細はよくわからない。でも、問題は、松下さんの様子がおかしいこと。

——ちょっと気になるから、今度わたしから石井さんに訊いてみるよ。みんながいる場所で訊くとよくないかと思ってさ、今回は訊かずにおいたんだけど。

さすが去年の部長である。

サークルの話が一段落したあと、おたがいの卒論の話をした。

莉子はもともとは地方のあたらしい観光スポットに興味があり、そこでの広報媒体の効果についてまとめる方針で候補地を考えていたらしいが、現地取材ができないこともあり、これまでのhiyoriでの活動を活《い》かし、ウェブメディアの社会への影響や効果について調べる方向に変えたという。

——百花は？

——うーん、実はまだなにも決まってなくて。なんとなく童謡がおもしろいかな、とは思ってるんだけどね。具体的にだれについて書くかも決まってないし、やっぱり童話の方がいいんじゃないかと思ったりで、迷い中。

——童謡かあ。記念館の仕事でインクの童謡シリーズもあったもんね。でも、童謡詩人ってだれがいたっけ？　野口雨情《のぐちうじょう》とか、西条八十《さいじょうやそ》とか……？

——三大童謡詩人でいうと、あと北原白秋《きたはらはくしゅう》。

——ああ、北原白秋。

——『ゆりかごのうた』とか『この道』とか『あめふり』とか『ペチカ』とか。あと

『からたちの花』も。白秋は好きな歌がけっこうたくさんあるなあ。

藤崎さんのお母さまのめぐみさんはもともとクラシックの歌手なのだが、最近はよく日本の童謡を歌っている。前に動画サイトでめぐみさんの歌を探していたとき、『ゆりかごのうた』や『からたちの花』を歌っているものを見つけた。

それを聞いて、いいなあ、と思った。童謡と言っても、全然子どもっぽくない。童話にしても童謡にしても、むかしの作品はいまのようにあかるく、楽しく、元気に、という感じじゃなくて、物悲しかったり、郷愁を誘ったりするものが多い気がする。

——百花が好きなら、北原白秋でいいんじゃない？　あ、それか、百花の名前のもとになった『春の小川』は？　『春の小川』の作詞ってだれだっけ？

——高野辰之《たかのたつゆき》だけど……。童謡詩人というよりは学者なんだよね。『春の小川』も『故郷《ふるさと》』も好きだけど、卒論とはちょっとちがうかなあ。

——じゃあ、時代は全然ちがうけど、あの人は？　えーと、『ぞうさん』を作った……。

——ああ、まどみちお。

——そうそう！　わたし、あの歌すごく好きだったんだよね。

莉子がうれしそうに言う。

——わたしも。『やぎさんゆうびん』とか『ふしぎなポケット』も好きだったなあ。

——あとはそうだな、童謡詩人って言うと、金子《かねこ》みすゞ……とか？

——金子みすゞもいいよね。好きな作品はけっこうあるんだけど、今年うちのゼミでほかに、金子みすゞで書きたい、って言ってる人がいるから。

——へえ、だれ？

——小泉《こいずみ》さん。

——ああ、児童文学研究会の部長の？

——そうそう。笹山ゼミにはいったのも金子みすゞで卒論を書きたかったかららしくて、三年のときから構想を固めてたみたいだから。

小泉さんは東日本大震災のときにくりかえしテレビで流れたACジャパンのコマーシャルで金子みすゞの詩と出会った。そして自分の母の故郷である山口県の人であることを知って興味を持ち、高校時代にもその生涯を調べてレポートにしたらしい。

——それはたしかにかなわないね。

莉子が笑った。

——どうしよう。来週のゼミまでに卒論の構想をまとめて出さないといけないのに。

——童話だったらだれにするつもりだったの？

——やっぱり、笹山先生の専門の小川未明が好きなんだよね。でも小川未明も、同期にふたり書きそうな人がいて……。

新井《あらい》さんと池本《いけもと》くんだ。それだけではない。笹山ゼミでは毎年必ず小川未明で卒論を書く人がいるから、そもそも新味のあるテーマを探すこと自体がむずかしいのだ。

——わたしはよくわからないんだけど、小川未明は童謡書いてないの？

莉子に言われ、はっとした。童謡……？

書いていた。曲がついているものはなかったように思うが、前にゼミで笹山先生から教わって、そのとき心に残った詩があったのだ。

──書いてた。前にゼミで聞いたんだ。そのときいいなあ、と思った作品もあったし、小川未明の童謡もいいかも。ほかのふたりも童謡は取りあげないと思うし。ちょっと考えてみる。莉子、ありがと。

──なんのなんの。あと、就活の方はどうなってる？　会社から連絡あった？

──まだなにも……。

時期はあらためてお知らせします、というメールのあと、連絡が途絶えている。どうなっているのか気になったが、バイトの件がなくなってから藤崎さんからも連絡がなく、問い合わせることもできなかった。

──とりあえず、館長に連絡してみれば？　あ、もう館長じゃないんだっけ。

──藤崎さん、医療用品の部署を手伝ってるみたいで、相当忙しそうで。そもそも人事担当じゃないから、わたしの就活やらバイトやらのことで連絡するのはちょっと気が引けるんだよね。

──それはわかるけど……。今年はなんか雲行きが怪しいじゃない？　採用自体がなくなる会社も出るんじゃないか、って、みんなびくびくしてるよ。内定取れてもどうなるかわからないから、って。

——ええーっ、そんな……。

でも、そうか。こんな状態が続いたら、業種によっては採用規模を縮小せざるを得なくなるのかも……。藤崎産業は医療用品部門もあるし、家庭紙はむしろ人手が足りないくらいみたいだし、会社の状態は悪くないはずだけど……。

でも、博物館・美術館は軒並み休みで、記念館再開の気配もない。和紙部門がないなら、わたしを採る意味なんてないのかも……。

——わかった。とりあえず、藤崎さんにメールしてみるよ。

——それがいいよ。じゃあ、わたしは石井さんに松下さんのこと聞いとく。

莉子がそう言った。


通話を終えてから、久しぶりに藤崎さんにメールを書いた。

三月までは毎日のように記念館で顔を合わせていたのに、もう一ヶ月以上、なにも話していない。最初のうちは残務で何度かメールをやり取りしていたけれど、四月の半ばを過ぎるとそれもなくなった。

なんだかあっけないなあ、と思う。

記念館があったころは、記念館存続のために、とか、和紙の良さを広めたい、とか、藤崎さんとあれこれ相談してがんばっていたつもりだったけれど、記念館がなくなってしまうと、あの日々が全部夢だったみたいな気がした。

藤崎さんも、もうわたしのことは忘れちゃってるかもしれない。このままもう縁が切れちゃって、記念館のことも、ああ、あったねえ、あのころはがんばってたよねえ、みたいなことになってたりして……。

いやいや、あの紙オタクの藤崎さんにかぎってそんなことはないはず。

ぶるぶると首を横に振り、入社試験がどうなっているのか、バイトのことがどうなっているのか問い合わせる文章を書く。

仕事のメールを書くのも久しぶりのことだった。

記念館も、大学も、一月までは別にふつうだったんだ。二月だって、少し薄暗い影はあったけれど、すぐに消えてもとに戻るような気がしていた。

三月に閉館すること自体は決まっていたが、計画していたワークショップも、閉館イベントも中止になった。閉館イベントで配ろうと、モリノインクの関谷《せきや》さんの協力で記念グッズの制作も進んでいたけれど、それも途中でストップ。

最後は藤崎さんとふたりで黙々と記念館の片づけをした。本来ならバイトを頼むはずだったのに、人員はできるだけ少なく、という通達があったのだ。

お客さまもいないし、閉館イベントもなくなったので時間はたっぷりあった。藤崎さんとも事務的な会話をするだけで、あとは延々と荷造りが続いた。

そのころにはもう、都から外出自粛の要請があって、町のなかの人の姿も減り、母も叔母《おば》も、どこの薬局に行ってもトイレットペーパーもティッシュペーパーもマスクも除菌用アルコールもない、とぼやいていた。

ニュースでは毎日新型コロナウイルスの感染者数、死者数が報じられていた。海外の悲惨な状況の映像も流れ、東京もああなるのかもしれない、と怖くなった。自然災害とちがってなにも壊れていないのに、日常だけが壊れていくような、異常な日々だった。

東日本大震災のときのことを思い出したりもした。あのころはテレビの映像が怖くて、見ないようにしていた。地震がおさまったあとも原発のことがあって、世界がどんどん壊れていってしまうのではないか、とずっとおびえて暮らした。

戦争のときもこうだったんだろうか。戦争は震災より長く辛《つら》いときが続いたんだろう。てるばあちゃんも薫子さんも、そういうときに子ども時代を過ごしたのか。

いまのこの状況、いつまで続くんだろう。

小冊子研究会のみんなや莉子と話していたときは、いつもと変わらないような、いまリモートでミーティングをしているだけで、来週大学に行けばまたみんなに会えるような錯覚に陥っていたが、そうじゃない。来週になっても大学はリモートのままだ。

なんだか泣きたくなる。こんなはずじゃなかった。こんなことが起こるなんて、思ってもいなかった。それはきっと、みんなも同じなんだろうけど。

とにかくいまはメールを送って、卒論のためのレポートをまとめよう。いまできることをやるしかない。自分にそう言い聞かせた。

藤崎さんへのメールは、考えに考えた末、簡潔な文面になった。最初はこちらの近況を伝えたり、藤崎さんの状況を訊《たず》ねたりする長い文章を書いたが、忙しい藤崎さんにそんなものを送りつけるのは失礼な気がして、結局ざっくり削った。

バイトのことにも触れず、ただ採用試験がどうなっているのか、知っていることがあったら教えてほしいという内容で、あいさつを含めて十行くらい。それを送ったあとは、ゼミのノートをたどって、小川未明の童謡に関する資料を探した。

ファイルをめくっていると笹山先生の手書きの文字入りのコピーが見つかった。数は少ないけれど、童謡もいくつか載っていた。ゼミのときに心惹《こころひ》かれた詩もあった。

おもちゃ店

長二《ちょうじ》は貧乏の家に生まれて
おもちゃも持たずに
死んでしまった。
美しいガラス張りの店頭《みせさき》に、
西洋のぜいたくな小間物や、
赤、紫に、塗ったゴムまりや
ぴかぴかと顔の映る銀笛や、らっぱや、

なんでも子供の好きそうなものが
並べてあるのを見ると、
店のガラス戸を砕いて
それらのものをめちゃめちゃにたたき壊してやりたくなる。
隣に住んでいた、
あの貧しかった、哀れな長二のことを思い出したときに。

しあわせを象徴するようなおもちゃを見て、おもちゃを持てずに死んでしまった子どものことを思う。

未明自身貧しく、困窮のなかで二児を喪《うしな》っている。それはこの詩を書くよりずっとあとのことだからこの詩は自分の子どものことではないみたいだけど。

そういえば野口雨情も子どもを喪っている。子どもが死ぬことが、いまよりずっと多かった時代なんだろうと思う。

悲しみから生まれる怒り。破壊はもちろん良くないことだけど、破壊衝動を持つのはわかる気がしたし、そうした気持ちがありのままに描かれていることに衝撃を受けた。

子どもだって、悲しみから暴れることがある。それが悲しみだと気づかないまま、おさえられなくなってものや人にあたる。

あらためてコピーに載っている詩をながめると、童話と同じく、童謡も哀愁を感じさせるものばかりだと気づく。厚い雲に覆われ、どんより曇った空のように。

――未明の作品は人の心の闇を描いたものも多くて、子どもにはふさわしくない、という人もいます。わたしもそれは一理あると思うんですが。

いつだったか笹山先生がそう言っていたのを思い出す。

有名な『赤い蠟燭《ろうそく》と人魚』にしても、人間は人魚の子にひどいことをする。人魚の母は怒って村を滅ぼす。辛い要素の強い作品が多く、うつくしいけれど子どもに読ませるものではない。かつてそのように否定されたこともあるという。

小川未明の作品は、その底にいつも怒りや悲しみがあるように思える。うつくしさではなく、わたしはそこに惹かれているのかもしれない。

ほかの人とのダブりは気になるけれど、研究者になることはないと思うし、卒業したらもうこの先、こんなふうにひとりの作家に向き合って、論文を書くことなんて二度とない。だから、やっぱり小川未明で書きたい。

どんなテーマにするかはまだはっきり決められないけれど、今回のレポートには小川未明の童謡を中心にしたい、と書くことにした。


翌日、藤崎さんからメールが返ってきた。

会社自体は不織布マスクや家庭紙の売り上げもあって活況。遅れるが採用試験はおこなわれる。オンラインで試験をどうおこなうか検討中で連絡が遅れているだけ、とのことだった。

最後に少しだけ藤崎さんの近況が書かれていた。想像した通り忙しいようで、慣れない仕事でもあり、かなり疲れているようだった。

まあ、それでも、いまはこの勤めを果たすことが大事なことだと思うから。

記念館の商品の通販もままならず、申し訳ない。

吉野《よしの》さんもいまは卒論に集中してください。

最後にそう書かれていた。

4

週明け、笹山先生から、次の授業は大学指定のウェブ会議ツールを使ってゼミをおこないます、というメールがきた。ミーティングのIDやパスワード、URLも明記されている。

これで皆さんの顔を見られます、という文が添えられていて、笹山先生、できるようになったんだ、とうれしくなった。

わたしもゼミの前日までにレポートをまとめて、笹山先生に送らなければならない。

いまは図書館も閉まっているし、笹山先生の授業の資料のほかは、ネット上の青空文庫《あおぞら》のデータしかないが、それらを見ながら論文のテーマを考えた。

気になったのは、童謡作品の中に頻繁に登場する「海」の存在だった。考えたら、『赤い蠟燭と人魚』をはじめとして、未明作品では童話にもよく海が出てくる。

そして、その海がどこかほかの作家の描く海とちがうように思えた。青くまぶしい、というより、暗くて寒々しい。大きさは感じるが、果てなく広がる、というよりは、なにもかも呑《の》みこんでいくような深さを感じる。

未明は新潟県の高田《たかだ》、つまりいまの上越《じょうえつ》市の出身である。海に近いとは言えないが、海に行くとしたら日本海の海だろう。それで太平洋の海と様子がちがうのかもしれない、と思った。

童謡を中心に、童話で描かれた海もからめた論文にできたら、と考え、なんとか概要をひねりだし、笹山先生にメールした。

藤崎産業からも、入社試験はオンラインでおこなう、という通知がきた。一次試験は五月半ばで筆記試験。その後二回の面接を経て、通った人は六月はじめのグループ面接に進む。グループ面接の通過者は六月下旬の最終面接へ、というスケジュールのようで、このすべてがオンラインでおこなわれるらしい。

オンラインの面接……？　相手の微妙な顔色もわからないし、なんだか不安だ。こちらの音声や映像がきちんとしていないと印象も悪いだろう。いつものパソコンで大丈夫なのか、あとで莉子にも訊《き》いてみよう、と思った。

木曜日の午後、ウェブ会議ツールを使ったはじめてのゼミが開かれた。昨日からゴールデンウィークにはいっているが、今年はどこにも出かけられないし、全員そろっているみたいだ。

先生も緊張しているようで、これでいいのかな、聞こえてるのかな、と不安そうだったが、わたしたちがミュートを外して、大丈夫です、と答えると、ちゃんと聞こえる、すごいねえ、とうれしそうに笑った。

画面の向こうに、いつもの笹山先生の笑顔がある。ゼミ生たちの顔も。みんなの顔をじっと見つめる。実際に会うのとちがって、目が合っているのかわからないけれど、顔を見ているとなんだか安心した。

笹山先生によると、設定は同居しているIT企業勤務の娘さんがすべてしてくれたらしい。通販であたらしいパソコンを買うところからのスタートだった。

——この年になってあたらしいパソコンを買うことになるとは思わなかったよ。

笹山先生がにこにこ笑う。

——この機械にも慣れないし、まだわからないことばっかりだけど、買い換えてみると悪くないねえ。インターネットで動画を見ることもできるんだよ。まあ、皆さんにとってはそんなのめずらしくもないか。

笹山先生の話に、思わず笑みがこぼれる。ミュートにしているから声は聞こえないが、みんな笑顔になっている。

――このウェブ会議ツールも、娘に頼んで何度か家で練習したんだよ。グループに分かれて話し合うこともできるし、画面共有っていうのもできるって教わった。まだ全然機能を呑みこめてないけど、便利にできてるね。わたしからすると、なんだかSFの世界に来たみたいで、おもしろいよ。みんなはこのツール、使ったことがあるのかな？

　笹山先生の問いに、ゼミ生の深沢《ふかざわ》さんがミュートを外し、わたし、前から使ってるので、機能はかなりわかります、と答えた。はじめて使う人も多いようで、深沢さんが挙手やリアクション、チャットの機能をみんなに説明してくれた。

――じゃあ、今日はまず、皆さんひとりずつ卒論の概要を発表してもらって、今後の方針を考えるところからはじめましょうか。

　笹山先生はそう言って、五十音順に学生を指名していく。わたしは「吉野」なので、いちばん最後である。みんなの分を聞いてからの発表になるので、少し気が楽だった。

　予想通り、新井さんと池本くんは小川未明、小泉さんは金子みすゞをテーマに選んでいた。ほかは作家個人を扱う人もいれば、「赤い鳥」や「金の星」などの雑誌の歴史を取りあげる人もいて、いろいろだった。

　小川未明を題材に選んだゼミ生のうち、新井さんは作品論、池本くんは海外のメルヘンとの比較を考えているらしい。いずれも童謡には触れないようなので、かぶる心配はなさそうだった。

わたしの発表を聞いて、笹山先生は、童謡というくくりではなく、詩として扱った方がいいかもしれませんね、と言った。未明は『あの山越えて』という詩集を出していて、これが唯一の詩集なのだそうだ。わたしがいいと思った「おもちゃ店」もこの詩集に収録されている。笹山先生は、自分はこの本を二冊持っているから、一冊お貸ししましょう、と言った。

――前回のメールでも書きましたけど、いまは大学の図書館も、公共の図書館も閉まっていますので、資料をなかなか集められないと思います。本来、自分で先行論文を探すことが研究の第一歩なのですが、今回はわたしの手元に関連する論文があれば、コピーをお送りすることにします。もちろん、図書館が開いたあとは、自分で論文を探すのを忘れないように。

笹山先生が言うと、みんないっせいにお辞儀や感謝のリアクションを送った。

――あはは、これは楽しいですね。

笹山先生が笑顔になる。

――論文のコピーと言っても、数がかなりありますからね。レポートの提出順に少しずつ探しはじめてるけど、来週までに全部は送れないかもしれない。娘にバイトを頼もうかなあ。どこにも出かけられない、って言ってたし。コピーだけでもしてくれるとだいぶ時間短縮になるから……。

笹山先生がぼやいた。

――ともかく、次は連休明けですね。皆さん、残念ながら外出できないと思いますが、いろいろたいへんなことが続きましたから、よく休んでくださいね。

またしても、思い思いのリアクションが飛んで、ゼミは終了になった。


週末には、オリエンテーション委員会主催で、サークル紹介のオンライン説明会が開催された。例によって石井さん、根本くん、莉子は徹夜作業になったようだが、驚異的ながんばりでイベント前日までに宣伝動画を完成させた。

石井さんのイラストと、記録写真をいい感じに組み合わせ、根本くんの音源を合わせる。根本くんの曲は想像以上にすばらしく、前半はアップテンポな曲で盛りあげ、中盤でメロウな曲に切り替え、映像もしずかなものに。

石井さんと莉子は、これはエモい！　泣ける！　と盛りあがっていて、小冊子研究会ってこんなサークルだったっけ、と思いながらも、最後のサビのところで夕日に照らされる大学が映るシーン（これは実際にはサークル活動とは関係なく、中条さんが個人で撮影したもの）では、なんとなく涙が出そうになった。

乾くんと稲川くんのパワポも完璧《かんぺき》で、石井さんは、ほかのサークルにはサイトもないし、プレゼンだけならうちのひとり勝ち！　と言っていた。

しかし……。莉子に話を聞くと、どうも成功とは言えなかったみたいだ。

――え、どうして？　動画だってよくできてたし……。

――いや、それがさ。そもそも参加人数がめちゃ少なくて。

莉子がため息をつく。

――やっぱさあ、新入生からしたら、オンラインで説明を聞いてもしょうがない、っていうのもあるんじゃない？　大学には当面はいれないわけだしさ、サークルは大学が再開してからでいいや、って言うのが正直なところかも。ほかのサークルは全然やる気なくて、文芸部なんて、ただ紹介文を読みあげただけ。妙に気合いがはいってたせいでうちだけ浮いてた、って乾くんが……。

莉子はふたたびため息をついた。

――で、結局、うちに来た入部届も一通だけだったみたいで……。

――石井さんは？

――かなりショックを受けてたよねえ。けどさ、あとでオリエンテーション委員に聞いたら、文学関係のサークルは全然入部届が出なかった、って。文芸部もミス研も児童文学研究会もゼロだってさ。

――ゼロ！

――そ。そういう意味では小冊子研究会はひとりいたわけだから、文芸部には勝ったし、ひとり勝ちと言えないこともないんだけど……。でも、ひとりだからねえ。

――そっか……。

――まあ、石井さんもとりあえず気を取り直したみたいで、連休中に一度は新歓のオンライン飲み会でもやろう、って言ってたけど。

――オンライン飲み会かあ。

たしかにそれくらいしかやることはなさそうだ。みんなそれぞれお酒とつまみを持ってビデオ通話をしながら飲む。それでも話はできるし、やらないよりは絶対いい。

――あとで日程調整の連絡が来るから、百花もできるだけ参加してね。

――うん、わかった。ほかにやることもないし、もちろん出るよ。

そう答えたあと、卒論のテーマにOKが出たことや、藤崎産業から連絡があったことなどを話した。莉子の方も順調に進んでいるらしい。

――それにしても、なんでこんなことになっちゃったんだろうねえ。

そう言い合いながら、通話を切った。


叔母《おば》が営む器の店「日日草《にちにちそう》」は、店舗が小さいので休業要請の対象にはなっていないようだが、人出がないこともあって連休前から閉めている。母も基本はリモートなので、三人でうちに集まって夕食を取ることが増えた。

ゴールデンウィークにはいっても外出は自粛だし、遊園地や博物館、映画館などは軒並み休業で、出かける場所もない。紫乃《しの》叔母さんが、このままじゃまったく外に出なかったら運動不足で太っちゃう、と言って、夕方三人で近所を散歩することにした。

日が暮れてから外に出て、歩いているうちにあたりはすっかり暗くなる。遅い時間なので、人に会うこともほとんどない。ルートなどはとくに決めず、地図も見ない。行き当たりばったりで住宅街を歩いた。

近所でもふだん歩かないところを歩いていると行ったことのない神社や公園、古いお屋敷を見つけることもあり、知らない町を歩いているような気持ちになった。みんな会社も学校もなく、家にいるのだろう。住宅のなかからは人の声やテレビの音が漏れてくる。

店がたくさんあってふだんは人出の多い自由《じゆう》が丘《おか》や田園調布《でんえんちょうふ》も、ひっそりしずまりかえっている。こんな自由が丘ははじめて見た、と叔母も母も驚いていた。

歩いているあいだ、叔母や母といろいろなことを話した。たいした話じゃない。毎日ちがうルートを歩いているので、日々なにかしらめずらしいものに出会う。それについて他愛ないおしゃべりをしていただけ。

そんな無為な時間を過ごすのは久しぶりで、不思議な浮遊感があった。世界がこれまでとはまったく変わってしまったような、三人だけで知らない世界を旅しているような気持ちだった。

連休の半ばにわたし宛に重い宅配便が届き、なにかと思ったら笹山先生からだった。詩集『あの山越えて』と論文のコピーがはいっている。

まさかこんなに早く届くとは思っていなかった。それにしてもすごい分量だ。わたしは笹山先生の専門の小川未明を扱うから、資料が多めになるのは予想できたけど、こんなに読まなければならないのか、とため息が出そうになった。

——娘にバイトを頼もうかなあ。どこにも出かけられない、って言ってたし。コピーだけでもしてくれるとだいぶ時間短縮になるから……。

ふいに笹山先生の声が耳の奥によみがえる。先生は連休を使って、この資料をすべて探し出してくれたんだ。そして一ページずつコピーしてくれた。コピーは娘さんに頼んだりしたのかもしれないけど、論文を探すのは先生にしかできない。

全部読まなければ申し訳ない気がした。次の授業でお礼を言えばいいのかもしれないが、ちゃんと手紙を書きたい、と思った。

ウェブ会議ツールで話したとしても、それは機械を通した音声だ。メールもディスプレイ上に映る文字で実体がない。それなら、便箋《びんせん》に万年筆で手紙を書きたい。目上の人に書くものだから、ちゃんとした白い便箋の方がいいかな、と思いながら便箋やカード類がはいった箱の蓋《ふた》を開けると、いちばん上に組子のカードがあった。飯田の古い家にあった麻の葉の組子障子をイメージして作ったカードで、わたしが記念館でバイトするきっかけになったものだ。

これに書くのもいいかもしれない。以前、笹山先生と就活関係の話をしたとき、スマホの写真を見せながら自分が発案したものだと説明すると、先生はいつか実物を見たいですね、と言ってくれた。

カードを袋から取り出し、父の形見の万年筆を手に持つ。できるだけていねいにお礼を書いて、叔母たちと散歩に出たときにポストに投函《とうかん》した。


その夜、小冊子研究会の新入部員歓迎のオンライン飲み会が開かれた。

ただひとりの新入部員は、米倉《よねくら》さんという女子だった。胸から上しか映らないから実際のところはよくわからないが、細くて小柄な感じがした。ショートカットで黒っぽいロゴTシャツを着て、個性的な雰囲気である。

小冊子研究会のサイトと動画に惹《ひ》かれて入部したと言っていた。イラストや文章を書くのが好きで、高校時代に友だちとアニメーションを作ったことがあるそうだが、無料のツールしか使えず、思うようにできなかった。それで、大学にはいったらバイトして、もっといいツールを使って完成度の高いものを作りたい、と思っていたらしい。

石井さんや二宮さんとはネットで話題の絵師のこと、乾くんや稲川くんとは掌編小説のこと、根本くんとはボカロのことなどで盛りあがっている。ネットでのコミュニケーションにも慣れているようで、すぐに馴染《なじ》めそうな印象だった。

だが、松下さんはいなかった。やっぱりなにかあったのかな、と思ったが、その話題は出さない方がいいような気がして、なにも言わずにおいた。

連休最後の日、叔母が、近所はもう飽きたから、今日は多摩川《たまがわ》まで遠出してみよう、と言い出した。じゃあ、歩いてみようか、ということになり、まだ日があるうちにウォーキングシューズを履いて家を出た。

時間が早いこともあり、公園で遊んでいる子どもたちもいた。小学生は学校も再開していないようだし、少しでも外に出ないと、ほんとうに運動不足になってしまうだろう。親といっしょに遊んでいる幼児の姿もあった。

「小中学生はオンラインってわけにもいかないんだろうし、どうなるんだろうね」

紫乃叔母さんが言った。緊急事態宣言が出ている東京やその近郊では、公立の小中学校は依然休みらしい。

「三月に臨時休校になったときはもうすぐ春休みというタイミングだったから、春休みが少し早くはじまったくらいの感覚だったんだろうけど……」

母が公園を見渡す。

「春休みが明けてもいつまでたっても学校がない。それは異常事態だよねえ」

わたしもうなずいた。子どもたちだって、最初は休みが増えてラッキー、と思ったかもしれないけど、自由に学校に行けない日が続いたら、いつか不満に思うだろう。

「でも、勉強もあるしね。休みが長引いた分、夏休みを減らすのかも」

「夏休みが減らされるのは、子どもには耐え難いよ」

「けどなあ、それは事態が収束した場合の話でしょ？　このままどうにもならなかったら、春休みと夏休みがつながっちゃう、とか……」

叔母がため息をつく。

「会社の同僚の娘さんのところは、私立だから中学だけどすぐにオンライン授業に切り替わったんだって。もともとICT教育ってことで、全校生徒がタブレットを購入していて、オンライン授業にすぐに活用できたみたいで」

母が言った。

「へえ、進んでるね」

「朝はオンラインで朝礼をして、授業はオンデマンドの動画配信で、自由な時間に見られる、ってことらしいよ」

「ええーっ、そんなの見るかな。わたしだったら見ないでサボる」

叔母が笑った。

「まあ、そういう子もいるんだろうけど。その人の娘さんはわりと真面目らしくて、けっこうちゃんと動画を見てるみたい。わからないところは何度もくりかえし見られるから、かえって便利、って言ってるみたいだよ」

「へええ」

「その人も試しに見てみたらしくて、先生にもよるけど、このまま教材として使えるんじゃないか、ってくらい質の高い動画もあったって。カメラを複数使って切り替えたりしてて……」

「すごいね」

叔母が感心したように言った。

「大学のオンライン授業も、先生によっていろいろみたいだよ。後輩たちが言ってた。めちゃくちゃ使いこなしてる先生もいれば、毎回課題出すだけの先生もいるとか」

「オンライン授業は本来の先生の仕事とは関係ないもんねえ。とくに高齢の先生たちはたいへんだろうなあ。わたしもネットとかあんまりわからないから、いきなりオンラインでなにかやれ、って言われたら絶対無理だと思う」

叔母が言った。

「わたしも最初は頭真っ白になったけど。いまはウェブ会議ツールにも慣れてきたし。でも、作家の先生たちはいろいろだよね。抵抗なく切り替えられる人もいるし、電話しか使えないって人もいるから、人に合わせてやり方を変えなくちゃならない」

母もいろいろ苦労しているみたいだ。

「わたしも、このままだとお客さん来ないままだし。お店の家賃もあるし、なんとかしないとなあ」

叔母がぼやく。

「そうよねえ。百花が記念館で作ってたみたいな、通販サイトを作るとか……」

母が言った。

「それ、いいかも。わたしも卒論はあるけど、記念館バイトもないし、サークルもオンラインの活動しかないから、手伝えるよ」

わたしは叔母《おば》を見た。

「ありがと。でもねえ、うちみたいな店にはあんまり意味ないかも。生活に馴染《なじ》む器、っていっても、それなりに高いからね。写真だけ見て買う人ってあんまりいないんじゃないかな。実物を手に取って、間近に見て、はじめて良さがわかるものだから」

叔母がため息をつく。

「そうか。たしかにそうだよね」

叔母の店の器はすべて手作り。高名な作家の作品ほど高額ではないが、それなりの値段である。陶磁器も漆器も独特の手触りが魅力なのだ。写真を見ただけではなかなか購入に結びつかない。実物を手に取ることではじめて、ほしい、という気持ちになる。

「まあ、こんな状態がいつまでも続くわけじゃ、ないだろうしね。でも、時間だけはあるし、わたしも少しはウェブ関係のことを勉強しとこうかな」

叔母はそう言って、少し笑った。

歩いているうちに、だんだん日が暮れてきた。ふと思い出して、母に父の卒論について訊《き》いてみることにした。

「卒論？　専門は近世文学で、卒論は松尾芭蕉《まつおばしょう》の『奥の細道』だったたって言ってたっけ」

「松尾芭蕉？　ってことは、俳句だった、ってこと？」

「うーん、『奥の細道』は、俳句っていうか、俳諧《はいかい》は出てくるけど、どっちかって言うと、紀行文よね。お父さんはわたしよりだいぶ年上で、卒論なんて遠いむかしのことだったし、わたしは中古文学だから専門もちがうし、卒論のことなんてあんまり話したことなかった」

母はそう言って笑った。

「だいたい、わたしは卒論なんて飯田の家に置きっぱなしにしてたし。でも、お父さんは自分の手元にちゃんと置いていたみたい。自分がかかわったものはなんでも大事に取っておくタイプだったのよね」

「へええ。じゃあ、いまもあるの？」

「うん。本棚に置いてあるよ」

そうだったのか。父が亡くなって引っ越ししたときも、編集者の母は父の本をできるかぎりおさめておこうと考えたらしい。それでうちの本棚はかなり大きく本もたくさんはいっている。

「亡くなるまでそんなものがあるなんて知らなかったんだけど、亡くなったあと本棚を整理してたら出てきたのよ。しっかり製本された卒論がね。開けてみたときは驚いた。手書きの原稿用紙が束ねられてて、ああ、わたしたちのころも卒論は手書きだったんだけど、お父さんの卒論は本みたいに分厚かったから」

母は笑った。

「そこにお父さんの書いた文字がぎっしり詰まってて。わたしの知らない、若いお父さんの書いた文字だもんね。なんだか頭がくらくらしたなあ。最後に教授からの手書きのコメントもあって、そういえばお父さんは、そのとき教授から言われたこともずっと覚えてて、ときどき話してたっけなあ、と思って」

母が空を見あげる。もういくつか星が出ていた。

「お父さんの作品は、俳句には全然関係ないけど、芭蕉の紀行文にはけっこう影響を受けてたのかもしれないね。旅というものへの憧《あこが》れもあったみたいだし」

「そうなの？」

「わたしと結婚したころには作家として忙しくなってたし、あてのない旅に出るような時間はなくなってたけど、若いころはけっこう放浪してたみたいだよ」

父が旅に憧れていた。これまで知らなかった話だ。でも、父の小説にいろんな土地が出てくるのも、そういうことだったのかもしれないな、と思った。

川に着いたころにはすっかり暗くなっていた。わたしたちと同じような目的なのだろう、土手を歩いていると、散歩している人たちと何回かすれちがった。土手の上の道が果てしなく続いているような気がして、たよりない気もちになった。

連休明けの最初の授業の最後に、笹山先生から手紙のお礼を言われた。

お礼を言わなければならないのはこちらで、そのためのお礼状だったのに、と思ったが、笹山先生はにこやかに、手書きの文字はいいですね、カードの和紙も隙のないうつくしさで、見ているだけで心が落ち着きました、と言った。

——メールやオンラインのツールも便利ですけどね、手書きの文字だと、その人の気配を感じるっていうか。わたしが古い人間だからというだけかもしれませんけど。

笹山先生はそう言って、にこやかに微笑んだ。

連休明けから感染者数は少しずつ減ってきて、五月の終わりに緊急事態宣言は解除されたけれど、大学からは今学期は最後まで対面授業は実施しない方針という通達があり、あいかわらずオンライン授業が続いていた。


藤崎産業の入社試験もオンラインだった。筆記試験に続いて一次面接、二次面接があった。一次の面接官は若手社員、二次は中堅社員。

ゼミで使っているのとは別のウェブ会議ツールが指定されて少しあわてたが、母が会社で使っているのと同じものらしく、試しに使わせてもらうと、基本的な使い方はそう変わらないみたいでほっとした。

どちらも一対一の面接だったけれど、初めての相手とのオンラインなので、相手の反応が読めず、話がきちんと伝わっているのか不安だった。しかしいずれもなんとか通過。

三次はグループ面接だった。わたしのグループの受験者は男子学生三人と女子学生三人だった。画面越しなのでどんな人かはいまひとつわからないが、みんな自分より優秀そうに見える。

面接官は、部長が三人。書籍用紙部門、家庭紙部門、医療用品部門の部長らしい。浩《こう》介《すけ》さんのいる第一営業部の部長がいないのはほっとしたが、どの人も厳しそうに見え、どんどん緊張が高まった。

こんなことなら藤崎一本に絞らないで、練習のためにほかの企業も受けておくべきだったか、とも思ったが、もう遅い。それに、そんな中途半端な気持ちで受けるのはその企業に対して失礼だろう、と思い直す。

ほかの受験者たちの話を聞いていると、書籍用紙に関心がある人、包装資材に興味を持つ人などもいたが、医療用品部門の将来性をあげている人が多かった。

——僕がいちばん惹《ひ》かれたのが、御社の歴史の長さと、家庭紙、洋紙、医療用品と異なる分野にまたがった製品を扱っている点です。

わたしのグループでいちばん優秀そうな男子学生が、はきはきと答えた。

——都内の紙の商社では専門に特化した企業が多く、自分は書籍用紙に興味があったので、はじめはそういった会社を考えていました。しかし、昨今の出版不況もありますし、今後オンライン化が進めば事務用紙の需要も減少する可能性があります。そうしたとき、ひとつの専門に特化した業態では今回のコロナ禍のような不測の事態を乗り越えるのがむずかしいのではないか、と考えました。

画面の向こうで、部長たちが大きくうなずいているのがわかった。たしかに、家庭紙、梱包《こんぽう》包装資材、医療用品と扱う商材が多岐に亘《わた》るのが藤崎産業の特徴のひとつと聞いた覚えがあった。

そのときはなんだかよくわからず、そういうものなのか、と聞き流してしまっていたが、いまこうして面接の会場でこういう話を耳にすると、なぜあのときもっとしっかり聞いておかなかったのか、藤崎産業の入社試験を受けると決めた時点で、なぜそういう視点でものごとを捉《とら》えなかったのか、と後悔ばかりが襲ってくる。

——また、こうした状況で臨機応変に事態に対応していくことができるのは、長い歴史を持つ会社ではないか、と父からも言われました。そうした会社には、逆境の際に立ち直る知恵が蓄積されているのではないか、と。あるひとつの状況しか知らない若い企業では乗り越えられない壁も、御社のような歴史ある会社であれば乗り越えられる、そうした信頼感から御社を志望しました。

長い歴史を持つ会社。藤崎産業の歴史については、藤崎さんや薫子さんから何度か聞いたことがあった。藤崎産業の創業は天明《てんめい》年間。たしか初代は地方の商家の三男で、身を立てるために江戸に出て、和紙を扱う店の奉公人となった。仕事を覚え、資金を貯え、やがて独立して紙屋藤崎を起こしたのだ。

その後のもろもろの話も聞いたが、どれも和紙をめぐる話として聞いていて、現実の状況に対してどのような強みを持っているかなんてさっぱり考えたことがなかった。

あ、これは終わったかも。このグループから最終面接に何人進めるのかわからないけど、あの人には勝てない。あの人のあとで、いったいなにを言えばいいのか。頭が真っ白になった。

その人の発言が終わり、次の女子学生の発言に移った。彼女は不織布に関心を持っているらしい。いまはマスクのような医療用品に注目が集まっているが、美容関係でもよく使われる素材だから、今回の状況がおさまったあとも安定が見こめる、と語っていた。

不織布のことも、藤崎さんからなぜ不織布を扱うようになったかの経緯を聞いていたし、みんなが話していることはわたしも知っていることばかりだった。だが、見方が全然ちがう。そのことに気づいて、動揺した。

わたしがこれまでやってきたことは、世の中から求められていない、時代遅れのことだったのではないか。いまここで和紙の歴史が、と言っても、太刀打ちできないのではないか。そんな焦りを感じたけれど、いまさら別の話をすることはできない。

それで、準備してきた通り、自分が記念館で働いてきたこと、和紙の素晴らしさを人々に伝える仕事に誇りを持っていることなどを語った。手元にこれまで自分が企画してきた商品をならべて、どこにどのような工夫をしたのか、なども話した。

優秀そうな男子学生以外は、記念館のことも藤崎産業が江戸時代から続く店でもともと和紙を扱っていたということも知らなかったようで、和紙を扱っている部門があるんですか、とみんなぽかんとしていた。

もうこれはダメだ。面接が終わったあとはどん底まで落ちこんで、ごはんも喉《のど》に通らず、なかなか眠れなかった。だが翌々日、三次に通ったという知らせが来た。記念館での仕事が少しは効いたのかもしれない、とも思ったが、なんだか信じられないような気持ちだった。


最終面接に何人残ったのかわからないが、たぶん、あの優秀な男子学生もいるんだろう。最終面接の前々日、母や叔母《おば》と散歩しながらも、ずっと面接のことを考えていた。

記念館に勤めているあいだ、和紙のすばらしさを人に伝えるにはどうしたらいいか、いろいろ考えた。記念館が閉館したあと、どうしたら和紙部門を続けられるのか。そして、記念館を再開するにはどうしたらいいのか。

藤崎さんのいとこの浩介さんが、藤崎さんと折り合いが悪く、記念館の仕事にいちいち首を突っこんできて潰《つぶ》そうとしたり、記念館不要論を唱えたり、そういうことに苛立《いらだ》ってきたけれど、会社から見たら小さなことなのかもしれない。

企業として大事なのは、いかに苦境を乗り越え、長く続けていけるかということ。そういう視点に立ったとき、和紙がほんとうに大事なのかよくわからなくなった。たしかに江戸時代の紙屋藤崎にとって和紙は大事な商材だった。でもいまは？

これからを考えたとき、印刷用紙や事務用紙のような洋紙の部門さえ、今後は立ち行かなくなるかもしれないのだ。それに、家庭紙やマスクがどの店に行ってもなかなか手にはいらないいまのこの状況……。

緊急事態宣言は解除されたけれど、母も叔母もこのまま収束することはないんじゃないか、と言う。なにもかもなかなか元通りにならないのだとしたら……。

旅館や飲食店が廃業してしまうニュースも見かけるようになった。移動もできない。飛行機も飛ばなくなったし、感染症は世界じゅうに広がっていて、逃げ場はどこにもない。敵は感染症だから、戦うこともできない。震災のときはボランティア活動が話題になっていたけれど、今回はそれもない。

でも、藤崎産業にはできることがある。家庭紙やマスクなどを作ること。みんなの役に立つ仕事だ。いま人々が求めているのは不織布マスクなどの感染症予防のためのグッズや、医療用品。和紙の伝統などと言っている場合じゃないのかもしれない。

わたしも藤崎産業にはいれたら、医療用品の部署などで世の中に貢献できる仕事をするべきなのかもしれない。もちろんゆくゆくは和紙の部門で働きたい。でも、世の中が元通りになるまでは、会社と世の中のためになる仕事を優先させるべきではないか。

「百花、どうしたの？」

歩きながら、母がわたしの顔をのぞきこんできた。

「ううん……。ちょっと就活の面接のことを考えてただけ」

「ああ、そうか。明後日《あさって》だったね」

母が嚙《か》み締めるように言う。

「緊張してるの？」

紫乃叔母さんが訊《き》いてくる。

「緊張してる、っていうか……。この前のグループ面接ですごく優秀な人がいて、その人の話を聞いてるうちに、なんだかいろいろ考えちゃって」

「優秀そうな人？」

「うん。藤崎産業の性格をしっかり把握して、なぜこの会社を選んだのか、っていう質問に対して、いまみたいな状況でも強みがあるから、って答えてて」

「なるほど」

母がうなずいて、少し黙った。

「でも、百花は百花でしょ？　その人が最終面接まで通ってるかわからないんだし、考えたって仕方がないんじゃないの？」

紫乃叔母さんが言った。

「その人に勝てるか、とかそういうことじゃ、ないんだ。これまで和紙のことばかり考えてきたけど、それって世の中が平和だったからなのかな、って。ちゃんと現実を見てなかったような気がして、これでよかったのかわからなくなってきちゃった」

「なるほどねえ」

母がため息をつく。

「たいへんなときに就活になっちゃったよね。去年の冬まではこんなことになるなんて思ってもいなかった。状況がまるで変わっちゃって……。もちろん一時的なものだとは思うけど、入社試験にも影響は出るわよね」

「いままでずっと記念館や和紙のことを考えてきたし、だから藤崎産業にはいりたい、って考えてきたんだけど。でも、いまそのことばかり話しているのはなんか少しちがう気がして。でも、だからと言って、それ以外のことなんてなにも知らないし、自分のそういうところもなんか嫌になっちゃって」

藤崎さんから医療用品の部門を手伝うという話を聞いたときも、藤崎さんが和紙部門から離れてしまうことで頭がいっぱいになって、医療用品の部門がどんなところで、藤崎さんがそこでなにをしているのか、そういうことを考えることさえできなかった。

働くって、そういうことじゃないよな。

「そんなことはないんじゃないの？　百花が記念館でがんばってきたのだって、意味のあることだと思うけどな」

紫乃叔母さんにはそう言われたが、うなずくことができなかった。

夜、ベッドに横たわってからも、ひとりでどうしようかと悩み続けていた。

もちろん、人類はこれまでいくつも感染症を克服してきた。今回だって、国内だけでなく海外のことも考えたら、完全にもとに戻るまでに一年くらいかかってしまうのかもしれない。数年かかるという話も耳にした。それでも、ずっとこのままというわけじゃないはずだ。

でも。わたしたちは「いま」を生きている。「いま」をすっ飛ばして、いつかあるはずの未来のことを夢想しているわけにはいかない。「いま」のために生きなくちゃ、「いま」を生き抜かなくちゃならない。

なくなることなんてあるはずがないと思っていた卒業式も入学式もなくなり、大学もオンラインになった。これまで漠然とずっと続くと思っていた現実は、そんなに強固なものじゃなかった。こんなことが起こるなんて、と何度も口にしたけれど、ああいう日々が続いていたのは、たまたま運がよかったから、というだけなのかもしれない。

起きあがり、これまで自分が作ってきたさまざまな小物をおさめた箱を棚から取り出した。こんなことになる前、藤崎産業の入社試験を受けると決めたとき、面接に持っていくためにきちんとまとめておこうと思って作った箱だった。

開けたとたん、以前作ったグッズが目に飛びこんでくる。組子障子のカードや、「八《はち》十八夜《じゅうはちや》」のために作った貝殻の小箱、「shizuku」の落水紙《らくすいし》で作ったアクセサリーケース、てるばあちゃんたちと作った水引、モリノインクとのコラボで作ったインク用の小箱、さまざまな和紙を束ねて作った「紙の絵本」。そして、お父さんの小説を活版で印刷し、蠟引《ろうび》きした「物語ペーパー」。

記念館での日々や、美濃《みの》市や小川町《おがわまち》に行ったときのことが頭のなかをぐるぐるまわり、自分にとってあの日々がどんなに大事なものだったのか、あらためて気づいた。

あの日に戻りたい。記念館がなくなっても、本社でなにかできることはあるはず、と思ってがんばっていたあのころ。

涙がぼろぼろこぼれて、どうしたらいいかわからなくなる。

でも……。やっぱり、いまできることをしなくちゃ。

和紙部門を目指してきたが、いまはそういうときではない。不勉強だが家庭紙や医療用品についてもこれからしっかり学んで、世の中の役に立てるようになりたい。明後日の最終面接のときには、そう話そうと心に決めた。


なかなか眠れなかったこともあって、目が覚めたときは九時近かった。

鏡を見ると目が腫《は》れている。面接が明日《あした》でほっとする。今日の夜はくよくよ思い悩まず、早く寝ないと。

リビングに出ると、母はもう朝食を終え、パソコンに向かっていた。

「ああ、百花、やっと起きたんだ」

母はちらりとわたしの顔を見た。

「うん……。昨日、なんだか眠れなくて」

「そう」

母はそれだけ言うと、少し黙った。

「明日の面接のことが心配？」

母の言葉にはっとする。バレてる、と思って固まった。

「うん……。そうだね」

ちょっと迷ったが、隠しても仕方がない。目を合わせずにうなずいた。

「とにかく、朝ごはん食べたら？」

「うん」

「夜、暗い時間にひとりで考えたことは、まちがってることも多いんだよ。ひとりで考えることは大事なことだけど、みんなひとりで生きてるわけじゃないから」

母に言われて、あいまいにうなずく。窓の外から日差しがはいっていて、薄いカーテンが床に影を作っている。棚のカゴからパンを出し、トースターに入れた。冷蔵庫からオレンジジュースを出してコップに注ぐ。ハムやトマトも皿に出した。

ダイニングテーブルにコップと皿を運び、焼きあがったパンを取り出す。あまり食欲はなかったけれど、このまま落ちこんでいてもどうにもならないと思って、ジュースに口をつけた。

こうしてあかるい部屋にいると、昨日の夜、思い詰めていた気持ちがなんだか嘘のように思えた。なぜあそこまで落ちこんでしまったんだろう。

ほうっと息をつき、外をながめる。

そのとき、インターフォンが鳴った。近くにいた母が立ちあがり、通話ボタンを押す。

宅配便の業者みたいだ。吉野百花さん宛にお荷物が届いてます、という声が聞こえた。

「百花宛だって」

「えー、なんだろ?」

オンラインショップで買い物をした覚えもないし、飯田のてるばあちゃんなら、送ったという連絡をくれるだろう。

「画面で見たら、けっこう大きな荷物だったよ」

「あ、きっと笹山先生から資料の続きだ」

この前、あんなにたくさん送ってもらったけど、さらに続きがあったということか。どうしよう、この前の資料にもまだ全部目を通していない。

呼び出し音が鳴り、あわてて玄関に向かう。外にはマスクをつけた宅配便屋さんが大きくて平たい段ボール箱を抱えて立っていた。

「吉野百花さん宛です。ハンコとサインはなしでOKです」

接触感染を防ぐためなのだろう、最近は受領印はなしの業者が多いみたいだ。

段ボール箱を受け取ると、ずしりと重い。差出人の欄を見て、はっとした。

藤崎一成《かずなり》。

てっきり笹山先生だと思っていたが、差出人の欄には藤崎さんの名前が書かれていた。なんだろう、こんな大きいもの……。深さはないが、A3サイズの倍くらいある平たい箱だ。紙だろうか? なんのために? 不思議に思いながらリビングに持ち帰る。

「先生からだった？」

「ううん。藤崎さんからだった」

「え、館長さんから？」

母がパソコンの画面から目をあげる。

「なんだろう？　連絡もなにもなかったんだけど」

「開けてみたら？　入社試験関係のものかもよ」

「そうだね」

箱をテーブルに置いて、ガムテープを剝《は》がす。蓋《ふた》を開けると、梱包《こんぽう》材の下にまた箱がはいっている。段ボール素材だが、古いかぶせ箱だ。外側の箱から引っ張り出し、テーブルに置いた。表面に「紙屋藤崎」の文字と、藤崎の屋号紋が貼られている。

「これ、本じゃない？　本っていうか、画集……？」

箱を見た母が言った。そういえば、記念館の館長室の棚には、こういう古い箱にはいった資料がたくさんならんでいた。

かぶせ箱を開けると、なかから封筒と、和綴《わと》じの分厚く立派な本が現れた。表紙は手《て》漉《す》きの和紙である。藍色《あいいろ》の揉《も》み紙《がみ》で、その上に「手漉き和紙見本帳」と書かれた和紙が貼られていた。

封筒には藤崎さんからの手紙がはいっていた。どうやらその本は、昭和四十年代に紙屋藤崎の当時の社長が作ったものらしい。薫子さんの夫で、藤崎さんの祖父であるところの正一《せいいち》さんのさらに一代前の社長ということのようだ。

そのころには手漉き和紙の産地はすでに減少しつつあったようで、このまま失われるのは良くないと、紙屋藤崎の社長が小川町の製紙会社・神部《かんべ》紙業の協力を得て全国の和紙を集めたのだそうだ。神部紙業というのは薫子さんの実家らしい。

手紙の最後には、こう書かれていた。


以前からこの本を見せたいと思っていたが、なかなか機会がなかった。閉館の際も不測の事態に追われ、僕もどう対応したらいいかで頭がいっぱいで、この本を吉野さんに見せる間もなく、梱包してしまった。

ここのところ休みもなかったが、連休中に少し時間ができて記念館から送った荷物を開封したところこの本が出てきた。この状況ではいつ見せられるかわからないが、どうしても見せたいと思って送った。卒論で忙しい日々だと思うけれど、しばらく手元に置いて、どうか目を通してほしい。

ただし、この本はうちにももう数冊しか残っていない貴重なものなので、渡すことはできない。必ずいつか返すこと。


最後に、藤崎さんの直筆のサインがあった。万年筆で書かれた端正な文字。

取引先に手紙を送るとき、藤崎さんはどんなに忙しくても、最後に手書きのサインを添えていた。達筆で、いつもきれいだなあ、と見惚《みと》れていたのを思い出した。

　箱から本を取り出し、開く。最初の数ページには、あいさつや本の説明のための文章が印刷されていた。もちろん、そのページも和紙である。たぶん楮《こうぞ》だろう。美濃市や小川町で見せてもらった、伝統的な手法で漉かれた和紙とよく似ていた。

　その透けるような紙の質感に目が吸い寄せられる。

　あいさつ文には、手漉き和紙の素晴らしさと衰退が切々と書かれており、この見本帳を作ることが、和紙に起源を持つ我が社としての悲願だった、と書かれている。さらに、江戸期より明治、大正、昭和と続いてきた和紙問屋としての紙屋藤崎の歴史と、この本を作ったときの世の中の状況、紙屋藤崎の進む道についても触れられていた。

　紙屋藤崎は、和紙問屋としての伝統を守りながらも、戦後すぐに洋紙の扱いをはじめた、とある。印刷物に使われる洋紙の需要が拡大するのを見越しての判断だった。一方、和紙の需要はどんどん減少し、産地も衰退していった。

――時代の流れではあるが、このうつくしいものを失いたくない、忘れてはならない、という思いでこの本を作った。

　あいさつ文はそう締めくくられていた。

　母とふたりでページをめくる。記念館で見たことのあるものもはいっているが、知らないものもたくさんある。輝くような艶《つや》を持った白い紙、塵《ちり》のはいった紙、信じられないほど薄い紙。染め紙や揉み紙、めくるたびにさまざまな色、さまざまな質感、さまざまな模様の紙があらわれ、そのうつくしさに思わず感嘆の声を漏らした。

「ねえ、百花、見て。これ、ほんものの蝶《ちょう》じゃない？」

「ほんとだ」

なんとその紙には、ほんものの蝶の羽がそのままはいっていた。しかもとても薄い紙なのだ。美濃市で作られていたものらしい。

「こんな紙があるなんてね」

母がため息をつく。二百枚以上ある紙をめくりながら、ふたりでただ何度も、すごいなあ、すごいねえ、とつぶやいた。

この見本帳が作られた昭和四十年代には、すでにたくさんの産地がなくなっていた。でも、たぶん、いまはそこからさらに作り手が減っている。

失いたくない、忘れたくない、
はじめのあいさつ文にあった言葉を思い出し、胸がいっぱいになる。記念館にいたおかげで、わたしは素晴らしい和紙があったことを知っている。

グループ面接で、あの優秀そうな男子学生が、藤崎産業の歴史の長さに惹《ひ》かれた、と言っていた。そうした会社には逆境の際に立ち直る知恵が蓄積されているのではないか、と。

紙屋藤崎の長い歴史は、和紙の長い歴史とともにある。わたしは記念館にかかわることで、その一端に触れさせてもらった。藤崎さんや薫子さん、和紙の産地で出会った職人さんたちにそんな貴重な体験をさせてもらった。

わたしのなかにその歴史を人々に伝えたいという気持ちが生まれたのも、そういうことがあったから。

この気持ちはわたしだけのものじゃない。人から授かったものなのだ。

そう気づくと、なんだかぽろぽろ涙が出た。

そうだ、いまだって。藤崎さんがこの本を送ってくれたのは、整理していてたまたま見つけたからなんかじゃない。面接を控えたわたしに伝えたかったのだ。記念館での日々、和紙に触れていた日々はまぼろしなんかじゃないんだ、と。

髙島屋《たかしまや》の屋上で、藤崎さんに「いろいろ紙ノート」を見せたときのことを思い出した。おさないころ、父とふたりでいろいろな紙を束ねて作ったノート。そして、記念館で働くようになってから、記念館にあった和紙を束ねて作ったノート。

それを見せたとき、藤崎さんは「こういうものならいいのかもしれないな」と言った。あのときは紙こもの市に出す商品のことで、藤崎さんともめていたんだっけ。あのころの藤崎さんは、紙雑貨を作ることに全然乗り気じゃなくて……。

でも、「いろいろ紙ノート」を見たとき、こういうものならいいのかもしれない、ノートにもなるし、見本帳にもなる、と。それで商品化が決まったのだ。いろいろあって、名前は「紙の絵本」になった。

見本帳。かつて紙屋藤崎で作られたこの大きく立派な見本帳とくらべたら「紙の絵本」はささやかなものだ。藤崎さんが作った豪華な特装版だって。過去にこんな豪華な本があったなんて。これが藤崎さんの背負っていたものなんだ。その重さに気づいて、自分がいかに小さいか、思い知らされた気がした。

「ほんとにすごいねえ」

母の声が聞こえる。

「百花、記念館の仕事ができて、よかったね」

そう言って、母の手がわたしの頭をなでた。小さいころにしてくれたみたいに。なんだかなつかしい。こんなふうになでられたのは、小学生のとき以来かもしれない。

わたしは、うん、とうなずいて、明日《あした》の最終面接では、やっぱり和紙のことを話そう、と決めた。それが、いまのわたしにできるたったひとつのことだ、と思った。

6

翌日、最終面接の時間が近づいてきた。

母にことわって、面接はリビングの白い壁を背景にして受けることにしていた。

昨日のうちに記念館のサイトの藤崎さんが書いた文章を見ながら、和紙に関する知識をおさらいしておいた。水引や折形《おりかた》など暮らしのなかで紙が果たしてきた役割や、障子や襖《ふすま》のような建材としての紙。忘れていることもたくさんあって、もう一度しっかり頭に叩《たた》きこんだ。

記念館の、自分の企画でできた商品を箱におさめ、ダイニングテーブルの端に置く。最初から机の上に出しておくと、面接官がそちらに気を取られてしまうと母にアドバイスされたからだ。母は、じゃあがんばってね、と言って、寝室にはいっていった。

服装をしっかり整え、パソコンの前に座る。ミーティングルームにはいってしばらくすると、入室を許可された。目の前に数人の顔がならぶ。重役なので、三次面接のときよりさらに年齢が上だし、迫力がある。

藤崎さんのお父さんで、藤崎産業の重役でもある晃成《あきなり》さんの顔も見えた。以前記念館で会ったときのラフな服装とはちがい、スーツ姿だ。あのときはやわらかで自由な印象を受けたが、こうしてみると企業人という雰囲気だ。

質問を受けながら、二年間記念館でアルバイトとして働いてきたこと、そこで得たもの、和紙への思いなどを率直に語った。面接官からの質問にも、それなりにきちんと答えることができ、耳を傾けてもらっている、という感触はあった。

少しずつ気持ちも落ち着いてきて、箱から自分が企画した商品を出し、記念館のお客さまの反応などもまじえて、しっかり話すことができた。

――お話、よくわかりました。吉野さんの記念館でのがんばりについては、わたしも記念館の館長だった藤崎一成から聞いて、よく知っています。先ほどの話で、和紙についてしっかり学ばれた、ということもよくわかりました。

晃成さんが言った。

——ありがとうございます。

そう言ってお辞儀すると、晃成さんは少しうつむいて、咳払《せきばら》いをした。柔和な雰囲気だが、目は鋭い人なんだな、とそのときはじめて気づいた。

——その上で、ひとつ質問したい。産業としての和紙が衰退しているいま、吉野さんは、藤崎産業で和紙を扱う意味があると思いますか。

ウェブ会議は、パソコンについているカメラの位置の問題で、目が合っているという感覚を持ちにくい。それはゼミでも感じていたことだったが、面接でも同じだった。人事の人とも晃成さんとも、目が合っているのかよくわからず、ときどき不安になった。

——はい、あると思います。

心の中で深呼吸して、そう答える。

——それはどうしてですか。

——記念館の仕事のなかで和紙には長い歴史があることを知りました。その仕事に携わる人たちの試みが数多くあって、そのひとつひとつが可能性の芽になって、いまも眠っていると感じました。その芽のなかにはあたらしくいまの時代に生かせるものもたくさんあると思います。

——具体的にどのようなものですか。

——はい、たとえば、わたしの母方の実家のある飯田に伝わる水引です。むかしは結納飾りとして用いられていましたが、いまはかつての大きな飾りではなく、女性向けのアクセサリーなど小さな飾りとして用いられています。このように、従来の使い道では現代にマッチしなくなったものでも、用途を変えることで現代に対応する、魅力的な商材になるのではないかと思います。

胸はどきどきしたが、自信はあった。水引のワークショップはhiyoriにも取りあげられ、そのときの反応で、一般の人にも興味を持ってもらえた、という手応《てごた》えがあった。

――また、記念館で続けていたワークショップも、有効な手段だと感じています。自分の手で作ることで愛着も生まれますし、そのものの使われてきた歴史を聞くことで、ものに対する見方が変わります。

これも確信があることだった。自分自身も体験する中で感じたことだったし、これまでのワークショップで、きらきら輝くお客さんの瞳《ひとみ》をたくさん見てきたから。

――和紙には人の心を動かす、あたらしいうつくしさがあると思います。これからはどんどんペーパーレス化が進んでいくという話も聞きます。そういう時代だからこそ、特別な紙でないと逆に生き残れないのではないか、と考えます。

わたしがそう言うと、晃成さんが少し微笑んだように見えた。

――たしかにそうした側面はあると思います。しかし、手作りの品である以上、数量限定になりますよね。ワークショップも、参加できる人数はかぎられている。来てくれたお客さまの反応はいいかもしれませんが、そもそもワークショップに参加する時点で、その人は和紙や日本の伝統文化にある程度関心のある人だと思います。

晃成さんの言葉が胸に刺さった。その通りだ。

──うちは公営の博物館ではなく一企業です。伝統を支えることで社会貢献をするのも重要なことですが、それだけではいけない。

──はい。おっしゃる通りだと思います。

それだけ言うのが精一杯だった。

──明治以降、世の中は大きく変化し、それに合わせて我が社も会社の形を幾度となく変えた。とくに大きな転換点は、和紙問屋だった我が社が洋紙の取引をはじめたこと。

──洋紙の扱いをはじめたのは、今後の印刷物の需要の拡大を見込んでのことだと記念館で聞きました。

──そうです。紙の需要はどんどんのびて、会社の規模の拡大にもつながった。そしてもう一点、和紙の技術を生かして不織布の製造に乗り出したこと。こちらもはじめは実験的な試みでしたが、やがて社を支える大きな柱になりました。いまのコロナ禍においても、当社としては、マスクの生産量を上げるだけでなく、不織布生産の技術を他企業に提供する、という役割を担おうとしています。我が社の生産量を上げるだけではこの事態に対応できませんから。

はじめて知ることだった。藤崎さんもその業務にも携わっているのかもしれない、と思った。

——今回のコロナ禍では、家庭紙の品不足という問題にも直面しました。オイルショックのときと同じく、買い占めの問題です。事態が正常化するまで、できるかぎり商品が全体に行き渡るよう、それまでの機械的な配分をやめ、一店舗ごと手で入力する形に変えました。

三月に藤崎さんが言っていたことを思い出した。ある朝出社したら、注文数が異常な状態になっていて、それへの対応に追われている、と。

——企業は、お金を儲《もう》けなければならない。そうしないと社員を養っていけませんから。でも、儲けだけを考えているわけではない。社会の役に立つことも重要なことなのです。役に立つことをするから、お金がはいってくる。そうやって社会はまわっている。だから、ときには損得ではない動き方をする必要もあるわけです。わかりますか？

——はい。

——洋紙の扱いをはじめ、そちらの利益が大きくなっていっても、我が社は和紙部門を完全に閉じるということはしませんでした。そこに我が社のルーツがあり、和紙の商いを続けてきたことを大きな財産と考えていた。記念館を作ったのもそのためです。和紙は我が社の魂のようなもの、と言ってもいい。

晃成さんはそう言って微笑んだ。

その通りだ。和紙に関することは、すべて藤崎さんと薫子さんから教わったのだ。わたしの考えていることくらい、藤崎産業の重役である晃成さんはもちろん知っている。

――だから、吉野さんの和紙を愛する心はとてもうれしく思っています。しかし、我が社で働くとなれば、さらにその先が必要です。それで儲ける、ということじゃないんです。社会にとって意味があるものにすること。単なる文化事業じゃなくて、いま生きている人にとって、あたらしい価値のあるものにしなければ。

我が社で働くとなれば、さらにその先が必要。その言葉が胸に重く響いた。

その先。わたしには、それがあるのだろうか。

――現在の紙にまつわる状況は決していいとは言えません。出版不況が長引いて、書籍、雑誌とも、発行部数も、点数もどんどん減っています。

デジタル化、ペーパーレス化もコロナ禍で加速した。各種文書は今後急速にデジタル化し、コピー用紙や伝票などは使われなくなる。この流れは今後も止まらないだろう。

高度経済成長期、商材を当時好調だった洋紙に絞って、家庭紙の取り扱いをやめていたら。不織布への進出をあきらめていたら。そうしたらいまはもっと苦しい状況になっていた、と晃成さんは言った。

これまでも藤崎さんの話で、そうしたことを漠然とわかっていたつもりだった。出版不況のことは母からも聞いていた。でもそれは所詮《しょせん》、他人事《ひとごと》だったのだ、と思う。学生の目から、社会の出来事をぼんやりながめていただけ。

働くというのは、そうした事態に自分が立ち向かうということ。そういうことをちっともわかっていなかった、と痛感した。

――そのことを踏まえて、吉野さんにもう一度問いたい。和紙を世に広めることに、どのような意味がありますか。

そう訊《き》かれて、どう答えたらいいのかわからなかった。これまでわたしが考えてきたことは、いや、考えてきたと思っていたものは、一企業という単位で見て意味があるものだと言えない気がした。

わたしはただ、わたし自身がはじめて出会う紙の魅力に驚き、魅了され、それを人にも伝えたかっただけ。それが会社にとってどういう意味があるかということまでしっかりわかっていたとはとても言えない。

いくら考えても、言葉が出てこない。沈黙のまま、時間だけが過ぎていく。なにか答えないと。一言でもいい。なにか……。

胸がどきどきして、口の中がからからに乾いていた。

藤崎さんは……。藤崎さんはなにか言っていなかっただろうか。このことについて、ヒントになるようなことを……。

――吉野さん、どうですか？

どうしよう。この問いに答えられなければ、藤崎産業で働く資格はない。

なにも答えられない。でも、無言のままでいるわけにもいかなかった。

――申し訳ありません、わかりません。

そう言って、うつむいてしまった。答えられずにうつむくのは良くない、なんでもいい、少しでもなにか答えた方がいい、と先輩からアドバイスされていた。それを思い出して、無理やり顔をあげる。画面のなかから、面接官がじっとこちらを見ている。

――和紙はすごいんだ。僕たちはただ、それを人々に広めればいいだけ。

ことあるごとに、藤崎さんはそう口にしていた。藤崎さんもどうしたらいいかわからなかったんだ。子どものころから和紙に親しみ、だれよりも和紙にくわしい藤崎さんでさえ、答えを出せずにいたのだ、と気づいた。

――申し訳ありません、その答えはすぐには出せません。いま言えるのは……。

言い出したものの、そこで言葉に詰まった。

――そのことについて考え続け、行動し続けるつもりだということだけです。正解にたどり着けるのか、御社にどれくらい貢献できるのか、はっきり申しあげることはできないのですが、わたしは和紙のうつくしさを広めるために生きていきたいと思っています。

そう言い切って、うわあっ、と力が抜けた。

和紙のうつくしさを広めるために生きていく？　そんな大きなことを言っちゃっていいのか？　それに、質問に対する答えに全然なってない。

――わかりました。

晃成さんがそう言った。目も合わず、表情からはどう感じているのか読み取れない。

――では、こちらで審査をおこない、近日中に結果をお知らせします。今日はどうもありがとうございました。

ほかの重役の声が聞こえ、ありがとうございました、と言って頭をさげた。

退室し、パソコンの画面がいつものディスプレイに戻った。

落ちたかも……。

がっくりと椅子の背にもたれる。

ちゃんとした答えを出せなかった。御社にどれくらい貢献できるかはっきり言えない。なんでそんなことを言ってしまったんだろう。会社の進む道について話さなければいけなかったのに、結局言えたのは自分の意気込みだけ。

不甲斐《ふがい》ない。せっかく二年間も記念館で働いてきたというのに。藤崎さんや薫子さんから、いろいろな話を聞いてきたというのに。結局、わたしがこれまで考えてきたのは、そのときそのときの制作物のことだけだったということか。

「百花、どうだった?」

母が部屋から出てくる。

「わからない……。でも、ダメだったかもしれない」

「え、どうして?　内容までは聞き取れなかったけど、けっこうはきはき答えてたような気がしたけど」

「うん、途中まではがんばった。でも、最後の最後、ほんとに大事な質問には答えられなかった」

母は少しうつむいてから、顔をあげた。

「でも、まだわからないじゃない？」

無理に笑顔を作っているのがわかる。

「まあ、そうだけど……」

わたしもあいまいに答えた。

「入社試験って、大学入試とはちがって正解はないからね。わたしも自分のときのことを考えると、いまだになんで合格したか、よくわからないもの」

母が笑った。

「そうなの？」

「目の前に重役がずらっとならんで、緊張して質問にはうまく答えられなかったし、途中から頭が真っ白になっちゃって。なぜか最後にいちばん偉い人が、学生時代に夢中になった遊びはなんですか、って訊いてきた。そんな質問は予想していなかったから、とっさに思いつかなくて、スキーです、って答えちゃったの」

「スキー？」

「うん、わたしたちのころは流行《はや》ってたんだよね。わたしは飯田の近くにスキー場があったから子どものころから滑ってたし、大学時代は友だちとずいぶんスキーに行った」

「そうなんだ。知らなかった」

「いまは全然しないもんね」

母はまた笑った。

「それでどうなったの？」

「そしたら、その偉い人が、じゃあ、ここでスキーのポーズをしてください、って言い出して。えっ、と思ったけど、仕方ないからやったのよ。照れてもしょうがないから、大真面目にね。それもとくに反応があったわけじゃないんだけど、なぜか合格して。入社してからも、なにがよかったのか結局よくわからないまま」

母が息をつく。

「会社の面接って、答えそのものより態度を見てるところがある。その態度っていうのも、その会社との相性みたいなもので、不確かなものなのよ。でもその不確かなものが、社風みたいなものを作っていく」

社風……。藤崎産業の社風……。っていっても、わたしが知っているのは藤崎さんと、薫子さんの秘書の朝子《あさこ》さん、それから藤崎さんの天敵の浩介さんくらい。社長や晃成さんとも一度だけ会ったけど……。

「まあ、もう結果を待つしかない。くよくよ考えたって仕方ない」

母の言葉にうなずいたけれど、気持ちは晴れなかった。

その日は結局、論文読みにも手がつかず、積読《つんどく》になっていた本を読んだりしながら、ぼんやり時間を過ごした。夕方はいつもの通り母と叔母《おば》といっしょに散歩に行き、家に帰って三人で食事。母も叔母も気をつかったのか、入社試験のことはなにも訊いてこなかった。

食事のあと、叔母が自分の部屋に帰っていくと、わたしも自室に引っこんで、莉子に電話した。顔を見たかったからビデオ通話にして、長話になるのを前提に、ふたりとも手元に飲み物やつまみを準備した。

最終面接の話をすると、莉子も、記念館で働いていた実績もあるんだし、そんな悲観的にならなくてもいいんじゃないか、と言った。

――記念館のバイト、百花はよくやってたと思うんだよなあ。

莉子が言った。

――そうかなあ。

――そうだよ。正直、バイトの域を超えてたと思う。紙オタクの館長がやる気になったのだって、百花がいたからだと思うんだよね。

――でもそれって、結局、わたしがなにも知らなかったからできただけなんだって思った。館長はやる気がなかったんじゃなくて、いろいろ知りすぎてるからこそ打つ手なしだと思って投げやりになってた。なにも知らないわたしは、なにに出会ってもはじめてで、ドキドキわくわくして、すごい、と思って……。館長にあれこれ主張したけど、よく考えたら館長は最初からみんなわかってたわけで……。

──そういうネガティブ思考は良くないんじゃないの？　百花の悪い癖。

莉子がポテトチップをつまみながら言う。

──それはそうかもしれないけど……。

──たしかにビギナーの強みっていうのはあると思うけど。hiyori の先輩にも言われたんだよね。経験が増えると、なにかあったときのパターンも読めてきて、対処方法もすぐわかるようになる。でもその分、突飛なことは考えつかなくなるんだ、って。頭がついつい最短ルートを探しちゃうから、知ってることから発想するようになる。

莉子の話に、なるほどと思った。

──館長さんもそんなこと言ってたんでしょ？　体験ワークショップの企画のときとか。自分だったらどうしても教室という発想になり、ある程度継続して通うことを前提としてしまう。単回のワークショップなんて思いつかなかった、って。

そうだった。藤崎さんの紙に関する知識が膨大で、奥にあるものまで見えてしまい、一回の受講では教えきれない、と思うからだろう。

──でも、一度体験するだけでも人の心は変わるよね。百花もわたしも、美濃の紙漉《かみす》き体験をしただけで、いろんなことを考えたじゃない？

──うん。そこが入口になる、っていうのはその通りだと思うし、わたしもそれでいいと思ってた。これまではね。けど、収益で言えば、お教室の方が安定するよね。半年とか一年とかで区切ったカルチャースクールみたいなものでも、一定の額がはいる。けど、単回のワークショップって、毎回集客を考えなくちゃならないし、続けていこうとしたら大変かもしれない。

——たしかに……。それはそうかも。

莉子がうなった。

——なんか、記念館がなくなって、コロナ禍でみんなと会えなくなって、いろいろ考えてしまうようになった。いまって、ハレの場がないんだよね。

——ハレの場？

莉子が訊《き》いてくる。

——大学祭だってハレの場だと思うし、新入生勧誘だって、記念館のワークショップだって、みんなある種のお祭りだったんだと思うんだ。小さいけど、日常とは別のイベント。そういうのってやっぱり人が集まらないと成り立たない。

——そうか、そうだよね。いくらオンラインで集《つど》っても、実際に人が集まるのとはちがうもんね。

莉子がしんみりした声になった。

——コロナのことがある前は、ハレとケのあいだを行ったり来たりしてたから、気づかなかっただけなのかもしれない。けど、いまは、あのころの自分が、ただ浮ついて、足元のことが見えてなかっただけのような気がしてならない。

そう言うと、なんだか涙が出そうになった。

——楽しかったんだ、すごく。未知のものに出会って、そこに秘められた歴史や人の思いを知って、そこからあたらしいものが生まれる喜びに出会って。だけど、それは記念館があったから。

——それはそうだね。

莉子はそう言って、手元のカップに口をつけた。

——結局、わたしはいままでずっとお客さまだったんだな、って気づいたんだ。藤崎産業で働くっていうのは、それを支える側にまわるってこと。その覚悟がちゃんとできてたのか、って言われると、まだ全然だな、って。

——まあ、そうだよねえ。わたしたちはまだまだ学生だからね。百花は考えすぎなくらいだとわたしは思うよ。

莉子が大きく息をつく。

——それに、すごく成長したと思う。

——そうかな。

面接を受けて、また少し変わった気がする。これが面接を受ける前にわかっていたら、もっと考えることがあったのに。でも、あの席で言われたことは聞いたことがあるものも多かったし、きっと頭ではわかっていた、いや、わかったつもりになっていた。

——いまの状況も大きいよね。だってこうなる前は、記念館がなくなっても、本社でワークショップを続けられるかも、って言ってたじゃない？

——そうだね。記念館を復活させるのはたいへんなことだけど、隙間を縫って細々と続けていくことくらいはできると思ってた。ワークショップとか記念館とか、どれも結局、人が集まらないと成立しないもん。この状況で、すごくむずかしくなってしまった。

藤崎さんも、記念館の片づけをしていたときはオンラインショップだけは続けられる、父の『東京散歩』を冊子にする企画も進めよう、と言っていたけれど、それからもまた事態が変わってしまった。

——どうしてこうなっちゃったんだろうね。

莉子の声が聞こえた。

どうして……。意味のない問いだ。

こうなった原因は感染症で、だれかが悪いわけじゃない。

——わたしたち、これからどうなっちゃうんだろう。

莉子の声がふるえ、泣き出したのがわかった。苦しいのはわたしだけじゃないんだ、と思ったら、涙が出た。

これがずっと続いたら。そんなことあるはずがない、とわかってはいるけれど。涙は止まらなかった。画面の向こうにいる莉子といっしょにわんわん泣いた。

翌々日の午後、家で論文に向かっていると突然スマホが鳴った。もしかして、と思って画面を見ると、藤崎産業からだった。

――このたびの採用試験ですが、審議の結果、内定となりました。

一瞬、ぽかんとしてしまった。

内定……？　決まった、ってこと？

わかったとたん、思わず立ちあがった。

――ありがとうございます！

だれもいない室内で深々と頭をさげる。スマホを持つ手ががくがくふるえていた。

今後のスケジュールを含め、あらためてメールでご連絡します、という声が聞こえ、ふたたびお辞儀をして、ありがとうございます、よろしくお願いします、と言った。

採用された……？

信じられず、しばらくじっと固まっていた。

なにが評価されたのかわからない。でも、採用された。

「お母さん」

リビングに飛び出し、母を呼んだ。書類仕事をしていた母が顔をあげる。

「内定出た！」

「ほんとに？」

母ががたんと立ちあがる。

「いま電話かかってきた。これからメールも送るって」

スマホを見ると、藤崎産業からのメールが届いているのがわかった。開いてみると、

「内定」の文字が見えた。画面を見せると、母がわたしをぎゅっと抱きしめた。

「よかったね」

身体を離し、わたしの顔を見る。この前みたいに頭をなでるのではなく、じっとわたしを見つめ、おめでとう、と言った。

「ありがとう」

うれしくなって、わたしは泣いた。これまで育ててくれたお母さんのおかげだ。母の目からも涙があふれている。

「紫乃にも言わないと」

「てるばあちゃんや莉子にも連絡する」

てるばあちゃん、莉子、笹山先生。それから、まあ社内のことだから当然知っているだろうけど、藤崎さんにも。

——必ずいつか返すこと。

この前の藤崎さんの手紙の最後に書かれていた文字を思い出して、またうわあっと涙が出た。

「よかった。ほんとによかったね」

母が言った。涙を拭《ふ》き、にっこり笑う。わたしも涙を拭いて、大きくうなずいた。

# 第二話　わたしたちの日常

# 1

内定が出たことは、その日のうちに笹山先生と藤崎さんにメールで伝えた。祖母と叔《お》母《ば》と莉子にもメッセージを送った。

祖母からはすぐに「おめでとう」というメッセージが来て、電話で話した。絶対受かると思ってたよ、きっといい会社だからしっかりやるんだよ、と励まされた。

莉子からもメッセージが返ってきた。電話で、最終面接のあとに大泣きしたことを話し、なんであのときあんなに絶望的な気持ちになったんだろう、と笑いあった。

莉子の方も順調に進んでいて、来週hiyoriの最終面接を受けるのだと言う。自分も絶対受かるからね、と力強く言っていた。

紫乃叔母さんとは、夕食前の散歩のときにゆっくり話し、記念館を紹介してくれたことへのお礼を言った。

「そうよね、そもそも、百花が記念館で働くことになったのは、紫乃のおかげだもんね」

母が言った。

「そう。紫乃叔母さんが紙こもの市に連れていってくれたおかげ」

わたしは笑った。叔母に連れられて紙こもの市という紙関係の即売イベントに行ったのは、大学二年のときのこと。あのときは会場にあふれる紙雑貨に目を奪われ、あれもこれもほしい、と会場内をめぐり歩いて、ふたりとも散財した。

そのとき、叔母がいつも仕事でお世話になっている紙屋藤崎のブースも訪ね、藤崎さんと出会った。藤崎さんは無愛想で、商品を売る気がまったくないように見えた。

組子障子のカードの試作版を藤崎さんに見せたのも叔母だった。あのときの試作版は、わたしが家でカッターナイフで切り出した拙《つたな》いものだったが、藤崎さんがそのカードを気に入って、製品の形にして紙こもの市で販売することになった。

それがきっかけで薫子さんとも出会い、記念館で働くことになったのだ。

「最終面接で、和紙のうつくしさを広めるために生きていきたい、なんて言っちゃった。記念館で働くようになる前は、和紙のことをなにひとつ知らなかったのに」

わたしが言うと、母も叔母も笑った。

記念館で働く前のわたしは、とりたてて得意なこともなく、仕事についてもなんのビジョンも持っていなかった。やりたいことをしっかり持っている莉子や小冊子研究会の先輩たちがまぶしく、自分もああなれたら、と漠然と思っていた。

和紙への思いは、記念館で働くなかでさまざまな紙と、紙漉《かみす》きの現場を見て、和紙の小物を作り、和紙の歴史を学ぶうちに、自分のなかに芽生えてきたものだ。

それが亡くなった父の記憶とつながった。藤崎さんも薫子さんも父の小説が好きで、「紙はむかしから強い力を宿すものだった」という父の言葉を記憶していた。父の小説の一節を活版印刷し、蠟引《ろうび》きした物語ペーパーも商品になり、あちこちの古書店に広がっていき、父の仕事と民藝《みんげい》運動に通じる点も見つかった。

偶然出会った和紙と、わたしの奥にあったものが結びついて、わたしの核と言えるものが、少しずつ育ちつつある。

「最初に紙こもの市に行ったときは、まさかこんなことになるなんて思いもしなかった。バイトからはじまって、ついに就職とは」

叔母が笑った。

「けど、この状況じゃ、今年は紙こもの市も無理そうね」

母がため息をつく。

「そうだね。ほんとは五月の連休にも名古屋で開催される予定だったんだけど中止になっちゃった。夏の東京の紙こもの市も中止って決まったみたいだし」

感染症対策の観点で見れば、不特定多数の人が集まるイベントはリスクが高い。これまでに何度も宴会や集会でクラスターが発生したというニュースが流れ、規模の大小を問わず、イベントはほとんど中止になっている。

「緊急事態宣言が解除されて、わたしの知り合いの陶芸教室は再開したみたいだけど」

叔母が言った。

「まあ、そこは小さい教室だから。人数制限したり、感染症対策したりしながら体験教室もやってるみたい。でも、規模の大きいイベントは無理だよね」

「お店もね。再開したところもあるみたいだけど、お客さんは減ってるし、営業時間も自由にはならないし、収益はガタ落ちなんじゃない？」

　母が言った。

「うちのお客さんで飲食店を経営してる人もいるけど、閉めちゃってるところが多いかも。お店開ければ人件費や光熱費もかかるしね」

「紫乃のお店はどうなの？　お客さん、来てる？」

　緊急事態宣言が解除されてしばらくして、叔母の器の店「日日草」は再開した。

「うちはそもそも人がごった返すような店じゃないから。それに、なぜか最近はぼちぼち売れるようになった。外に行けないから、せめて家で使う器をよくしよう、みたいな人が増えてるみたいで」

「ああ、なるほど。仕事がリモート主体になると、服や化粧品もそんなにいらないしね。その分生活関係を充実させよう、って人が多いのかも」

　母がうなずいた。

「そう、それ。最近三人で食べることが増えたから、わたしも自分の店の大皿を一枚買っちゃったもん。そうだ、今日は百花の内定祝いでお刺身にしない？　帰りにスーパーに寄って、お刺身買って」

叔母がうきうき顔になる。

母や叔母の話では、緊急事態宣言が発出されて以降、いつも行くスーパーに普段よりいいお刺身がならんでいるらしいのだ。叔母は、鮨《すし》屋や料亭が閉まっているから市場からいい品がまわってきているんじゃないか、と言っていた。

お刺身を買うことになって、散歩はいつもより早めに切りあげ、三人でスーパーに行った。お刺身のほかにもあれこれ買いこみ、家に帰った。

叔母の買った大皿は新人作家の作品だそうで、黒っぽい地に渦巻きのような刷毛目がはいっている。お刺身を盛るとかなり豪華になった。

「やっぱり器って大事だよねえ」

盛りつけが終わった皿をながめながら母が言った。

「仕事もあるし、ふだんはお皿もできるだけ洗いやすいのを選んじゃうし、片づけやすいようにお皿の数も少なく、って思うけど、こうやってゆったり盛りつけるといつもの何倍もおいしそうに見える」

「そうなのよねえ。器のお店をやってるのもそういうことのためなのに、わたし自身、普段はどうしても手抜きしちゃう」

叔母が笑った。

たぶん、記念館のグッズもそういうことのためにあるのだ。手がこんでいるから、少し高い。ふだん使うには気が引ける。でも、手に取るとほかとはちがう満足感がある。

それって大事なことなんだよなあ。

——手書きの文字はいいですね、カードの和紙も隙のないうつくしさで、見ているだけで心が落ち着きました。

この前、資料のお礼の手紙を笹山先生に送ったとき、先生から言われたことを思い出した。

——メールやオンラインのツールも便利ですけどね、手書きの文字だと、その人の気配を感じるっていうか。わたしが古い人間だからというだけかもしれませんけど。

手書きの文字。この前の藤崎さんの手紙の最後にあった手書きのサインを見たときも、藤崎さんが近くにいるような感覚がよぎった。

オンラインツールが大流行だけど、実際には会えないいまだからこそ、手紙を書くっていうのもいいのかもしれない。視覚と聴覚はオンラインでも伝えられるけど、触覚は伝えられない。

食事の前にメールを確認すると、藤崎さんと笹山先生からもお祝いのメールが来ていた。メールの返事は夕食後に書くとして、お世話になったお礼として、今度あらためて手紙を書いてみようかな、と思った。

こういうときのために記念館のオリジナルレターセットがあったら……。組子障子のカードはあるけれど、まだレターセットはない。オンラインショップを再開することができたらレターセットを作りたい。

万年筆やボールペンでも書きやすくて、和紙のうつくしさが感じられるもの。手漉き和紙らしさを出すなら耳付きもいいな。塵《ちり》入りや花や葉っぱが漉きこまれた紙も素敵だけど、文字を引き立たせるなら真っ白がいい。

でも、罫線《けいせん》はあった方がいいかも。入れるとしたら何色だろう。それとも罫入りの下敷きをセットにして、便箋《びんせん》は罫なしの方がいいだろうか。

あとは、どこかに小さく紙屋藤崎の屋号紋を入れる。薄い色で印刷する？　型押しにするのもいいし、紙を漉くときに透かしで入れるのもかっこいいかも。

封筒は落水紙にするのもいいかもしれない。文字が書きにくくなるけど、上からシールを貼るのは野暮ったいから、宛名の文字を書くところだけ水を落とさずに、ふつうの紙の状態のまま残して、ほかは落水の柄がはいるとか。

墨流しもいいかもしれない。墨流しだったら上から文字も書けるし……。

商品を考えていると心が躍った。記念館であれこれ考えていた日々を思い出す。紙こもの市も当分できないのかもしれないけど、販売の方法はほかにもあるかもしれない。いつになるのかわからないけど、またオリジナルグッズを作りたい。

そう考えると、内定が出たことがあらためてうれしかった。

ゼミの方もまずまず順調に進んでいる。笹山先生も最初はおっかなびっくりという感じだったが、オンラインにくわしい娘さんのおかげか、だんだん画面共有などの機能を使いこなせるようになり、書画カメラのような機材も導入するようになった。

——いやあ、こんなに話すのは久しぶり、っていうくらい、最近はよく娘と話していてね。よくしゃべっていたのは小学校まで。中学にあがると親子の会話ってだんだんなくなっていくでしょう？　皆さんの家もそうじゃないですか？

雑談タイムに笹山先生がそう言った。

——なぜか娘は理数系の方が得意でね。本も読まないし、ド文系のわたしとは話が全然合わなくて。結局工学部に進んだんですが、研究内容もわたしにはちんぷんかんぷんで、なんというか、別の国の話みたいでね。妻とはまだ女同士だから話題もあるみたいだったけど。就職も流行《はや》りのＩＴ系で、これまたさっぱりわからない。

——先生、お嬢さんっておいくつくらいなんですか？

小泉さんが挙手して質問した。

——三十代半ばだよ。給料もいいし、自宅にいても不自由がないのか、結婚する気配は全然ない。仕事一筋って感じだよ。いまは会社全体が完全にリモートになってるみたいだけど、とくに困らないっていうんだよ。仕事だけじゃなくて社員同士のコミュニケーションもね。それ以前からみんなオンラインの仕事に慣れてるらしくて。

笹山先生は理解できない、というふうに首をひねっていた。

ゼミが終わったあと、小泉さんに誘われて学生だけで雑談会をした。卒論の進行状況や近況、就活の状況など、あれこれ話した。

わたしが藤崎産業の内定が取れたことを話すとお祝いしてくれた。藤崎産業は有名な企業ではないけれど、みんなわたしがそこでバイトをしていて、第一希望だったことは知っているから、自分のやりたいことができるのがうらやましい、と言っていた。

ほかにもすでに内定が取れて就活を終えた人もいるし、ひとつ取れてももっといいところを探すために続ける、という人もいる。最初に出したエントリーシートは全滅だったとか、もういったん就活を休みにしている、という人もいた。三年のときに考えていたのとみんな多かれ少なかれ、コロナ禍の影響を受けていた。東京で就職するつもりだったが卒業は全然別の業種を受けている、という人もいたし、東京で就職するつもりだったが卒業後郷里に戻ると決めた人もいるみたいだった。

時間は容赦なく流れていっている。コロナ禍がなかったらとか、なんで今年なんだろうとか、みんなも思ったみたいだが、わたしたちにとって、今年が大学最後の年だというのが、たったひとつの現実なんだ、と思う。

オンラインになってからはいつもゼミが終わるとそれっきりだったし、就活のことは人によって状況がちがうから、どうなっているのか訊《き》きにくいと思っていたが、みんなでざっくばらんに話すことができて、ちょっとほっとした。

――結局、笹山先生のところは親子仲がいいってことだよね。

　笹山先生の話になったとき、小泉さんがぼそっと言った。

――だよね。うちなんか弟が中学生で反抗期真っ盛りだから、毎日殺伐としてるよ。父と弟が怒鳴り合って、毎日ものが壊れてて……。

　新井さんがため息をつく。

――毎日？　それはやばいね。

――うん、まあ、もう慣れっこだけど。この前なんか、父親がテレビの電源引っこ抜いて自分の部屋に持ってっちゃって。

――まじ？　テレビどうなったの？

――結局あとで父親が自分でつないでたよ。ゲーム機とかケーブルテレビとかいろいろつながってるからもとに戻すのがたいへんで……。ふたりともガキか、ってなった。弟も弟だけど、父親も父親で。たいがいにしてくれ、って。

――全員が家にいるせいで、人口密度が高すぎるっていうのもあるよね。

――そうそう。全員いる日がこれだけ続くと、いくら仲良くてもぶつかるし。親やきょうだいと合わない人はほんときついって。

――外に行くっていってもせいぜいコンビニくらいで、逃げ場もないし。

　みんな自分の家やほかの人から聞いた話をあれこれ語り合った。

　うちは叔母《おば》も母もおだやかな性格だからあまりぶつからない。これまでそれがふつうのことだと思いこんでいたが、恵まれているんだ、と気づいた。父はいないけれど、母も叔母もいて、わたしのことを守ってくれている。

ふと松下さんのことを思い出し、元気がないのはもしかしたら家族のことが原因なのかもしれない、と思った。松下さんは石井さんや乾くんにくらべれば口数が少ないけれど、いつも大事なところではしっかり主張する人だった。

たしかにバイトが解雇になったのはショックだったのかもしれない。憧《あこが》れの店で、採用されたときはとても喜んでいたし、しょっちゅう店の話をしていたから。でも、あのきちんとした松下さんが、それだけでサークル活動を放棄するとも思えない。

この前、莉子は石井さんに訊いてみる、と言っていた。その後なにかわかっただろうか。今度訊いてみよう、と思った。

2

次の週、莉子からhiyoriの内定が取れた、という連絡が来た。

——おめでとう！　よかったー。

たぶん大丈夫だろうとは思っていたが、そう聞いてほっとした。

——まだ小さい会社だからね。竹本《たけもと》先輩に、まず大丈夫って言われてたし、受かるとは思ってたけど……。

竹本先輩とは、莉子と同じ立花ゼミの先輩である。hiyoriに勤めていて、莉子が三年のとき、取材に協力してくれる学生を探しにゼミを訪ねてきたのだ。「変わった仕事で活躍する大学生」というテーマで、なんと莉子は記念館で働くわたしを推薦し、取材の手伝いを申し出た。

それがきっかけで莉子はその後も学生ライターとしてhiyoriに記事を書くようになったし、hiyoriに記事が載ったおかげで、記念館の知名度も上がった。

——でもやっぱ、最終面接が終わったあとは不安で眠れなかったよ。百花と大泣きした夜のことを思い出して、ああ、百花もこんな気持ちだったんだーって思ったりして。

莉子が笑った。

——hiyoriが第一志望だし、もうほかを受ける気はないんだ。実際に働いてみた感触でhiyoriがいちばん好きだったし、大きなとこにはいるよりhiyoriを大きくしたいって気持ちがある。これからできるだけhiyoriの取材を手伝って、仕事を覚えたいしね。

——え、もう取材できるようになったの？

驚いて訊いた。

——取材って言っても、オンラインだよ。取材相手もみんな考え方がちがってて。対面なんてとんでもないっていう人もいるし、全然大丈夫、っていう人もいる。けど、なにかあったら困るから、会社としてはオンラインにしましょう、っていう方針で。

——やっぱりそうなんだ。

——でもねえ、実際に会うのとオンラインだと、受け取る情報量が全然ちがうんだよね。

去年リアルな取材に何度かかかわらせてもらってて、ほんとによかったと思う。

莉子がしみじみと言った。

記念館のワークショップのときも、莉子は竹本さんや上司といっしょに取材に来てくれた。わたしから見ると、莉子はなんでもできる人という印象だったけど、竹本さんのインタビューを受けたとき、やっぱりプロはちがうんだな、と感じた。

いろいろ下調べしてくれていたようで、すごく話しやすかったし、できあがった記事もわかりやすかった。莉子もhiyoriの仕事を手伝ううちに、一段と成長したような気がする。

——それでさ、内定出たし、小冊子研究会の次のミーティングには出ようかと思うんだけど。百花も出ない？

莉子が言った。

——うん、いいね。いつ？

——今週の木曜日の夜。大丈夫？

——大丈夫だよ。

即答した。コロナ禍にはいってから、夜はまったく予定がない。夕方叔母と母と散歩に出かけて、晩ごはんを食べるだけの日々がずっと続いていた。

——なんかさ、今年は大学祭もオンライン開催って決まったみたいで……。

——オンライン開催？　大学祭を？　どうやって？

驚いて訊いた。

——まあ、公演系はライブ配信するとか……？　まだなにもちゃんと決まってないんじゃないかな。運営も各団体も相当混乱してると思うよ。

莉子の返事もあいまいである。

——中止じゃなかっただけいいってことかな。

——まあ、中止よりはいいのかもね。とにかく、小冊子研究会もなにをするかそろそろ決めなくちゃいけないから。

——でも、うちみたいなサークルはなにしたらいいんだろ？

小冊子研究会はふだんはゆるいサークルだが、毎年大学祭に向けて本格的な雑誌作りをおこなう。特集を決め、それぞれが特集のなかでなにを扱うかを決め、取材して、記事にまとめる。それを雑誌の形にする。

この雑誌制作が我がサークルのメインの活動である。大学祭ではこの雑誌の販売とともに、雑誌制作の過程で調べたことを展示するのである。

——雑誌は作れるとしても、展示や販売はどうすればいいのかな。この前作ったサイトに掲載するっていう考え方もあるけど、それだといつでも見られるし、もはや大学祭の企画じゃない気がする。

——いやいや、雑誌制作だってそう簡単にいかないよ。

——え、どうして？　印刷所は営業してるんじゃないの？

前のミーティングのときに石井さんからそんな話を聞いた気がした。

――印刷所はね。でも、問題は内容だよ。今年は取材に行くことができないでしょ?

莉子が言った。

――あ、そっか。

わたしたちが二年生のときの特集は「日本橋《にほんばし》」。三年のときは「和紙」。どちらも現地に取材に行き、そのとき撮った写真と記事で誌面を構成した。

大学祭が終わったあとの反省会では、来年は和紙から発展させて、伝統工芸の世界をいろいろ扱ってはどうか、という案が出ていた。

遠出をするという案もあったが、いまは無理。たとえ近場でも、取材ができるのかよくわからない。となると、いったいなんの特集にしたらいいのか。

――取材をあきらめれば、やりようはいろいろあると思うけどね。「思い出のなんとか」みたいな形で、過去の記憶を掘り起こす系とか。それだったら古い写真を使って、記憶を文章にすればいいわけだし。なんの記憶にするかが問題だけど。

――記憶を掘り起こす系か……。そしたらたとえば、好きな本特集とかでもいいよね。ジャンルに分けて、本の内容を紹介するとか。映画やマンガだと画像を使うのに著作権とか発生するだろうけど、本なら大丈夫でしょ?

――けど、動きがなくて、地味じゃない? うーん、こういうとき文芸部は強いよね。創作なら、どこにも出かけなくてもみんななんかしら書けるだろうし。

また文芸部……。莉子の言葉に、はあっ、とため息をつく。

——ねえ、莉子も石井さんもなんでそこまで文芸部を意識するの？　たしかに雑誌を販売するのは同じかもしれないけど、向こうは個人の創作が中心、こっちは雑誌作り自体が中心で、目的が全然ちがうじゃない？

前々から疑問だったことを思わず訊《き》いた。

——え、百花、もしかして知らないの？　我が小冊子研究会と文芸部の因縁を！

——因縁？　そんなのあったの？

——あるよ。そもそも、小冊子研究会は文芸部から派生したサークルなんだよ。うちの初代部長が、文芸部の考え方と正面対決して、分離して作った会なんだから。

——ええっ、そうなの？

これまでまったく知らなかった話で、驚いた。

——知らなかった？　そうか、わたしは森沢先輩から聞いたんだけど、あの話ももう伝説化しちゃって、知らない部員も多いからなあ。

——石井さんはなんで知ってるの？

——さあ、なんでだろ？　とにかく去年の新歓のとき、石井さん、打倒文芸部を掲げてたじゃない？　それで、打ち上げのときにその話をしたら、石井さんもなぜか因縁のことを知ってて、なんかすごい盛りあがっちゃって。

——そうだったんだ……。

あのとき、莉子と石井さんは意気投合して肩を組んで揺れてたからなあ。あの流れでそういう話になったのか。情景が目に浮かぶような気がした。

——で、正面対決って、どんな……？

——まあ、当時の文芸部の部長と文学観が合わなかった、っていうのもあるんだけどね。どうやらうちの初代部長は、文芸部の部誌にも取材記事とかを載せた方がいい、っていう考え方の人だったみたいで。

莉子によると、文芸部の部誌に掲載されているのは小説ばかり。文芸雑誌の掲載作を真似たものや、観念的な作品、実験小説のようなものがどうしても多くなる。我が小冊子研究会の初代部長は、その青臭さがどうにも許せなかったらしい。

それで、もっと実直に取材をベースにした記事を入れることを提案した。そうすることによって自分の中を見つめるだけではなく、世の中に目を向けることができるのではないか、という考えだったらしい。

しかし、それは当時の文芸部の部長にはまったく受け入れられなかった。文芸部の部誌は、あくまでも文学を志す者のためにあり、純粋に文学を追求すべきである、雑誌記事の真似事など許さない、という考えだったのである。

我がサークルの初代部長は、ほかの部員の自家中毒的（これは初代部長の言である）な作品に飽き飽きしており、自分の目指すものは小説ではなく、好奇心の塊であるところの雑誌である、という結論に到達して、文芸部を去った……ということらしい。

というわけで、小冊子研究会は最初から文芸部に対抗心を持っている。対して文芸部の方は、弱小サークルである小冊子研究会に敵対心はなく、なまあたたかい目で見守っているということみたいだ。

――でも、そのなまあたたかい目っていうのがさ、また上から目線で腹立つじゃない？

――そうかなあ。

わかるような、わからないような。でもわたしもあの文芸部の雰囲気にはどうにも馴《な》染《じ》めず、莉子に誘われて小冊子研究会に入部したわけだから、同じ穴の貉《むじな》ということかもしれない。

――まあ、因縁のことはわかったよ。で、今年の雑誌の話に戻すけど、たしかに今年は取材はむずかしいのかもしれない。三年はどう考えてるの？

――石井さんもかなり迷っているみたいで、それでできたら先輩たちもミーティングに参加してください、って言われた。

――参加するのは大丈夫なんだけど、なんか役に立つこと言えるかな。ネット関係なら石井さんや乾くんの方がくわしいだろうし……。

そこまで言って、松下さんのことを思い出した。

――そうだ。松下さんのこと、あれからなにか訊いた？

――あ、ごめんごめん、松下さんのこと、言ってなかったね。

莉子が申し訳なさそうに言う。

——昨日、この話で石井さんから電話がかかってきて。そのときに松下さんのことも訊いたんだ。バイトのこともあるけど、やっぱりそれだけじゃないみたい。松下さんの家、お祖父《じい》さん、お祖母《ばあ》さんと同居してるって知ってた？

——ううん、知らなかった。そうだったんだ。

高齢者が同居しているんじゃ、解雇されなかったとしても、バイトに出るのはむずかしかったかもしれない。もしかして、そのことで家族と揉《も》めたとか？

——じゃあ、バイト辞めたのはそのせい？

——それはちがうみたい。バイトは純粋に店の事情による解雇で……。

莉子によれば、松下さんと同居しているのは父方のお祖父さま、お祖母さま。松下さんが短歌を始めたのはお母さんの影響なのだが、書道教室に通うようになったのはお祖母さまの希望だったのだそうだ。

お祖母さまはかな書道、お母さんは短歌が趣味ということで、義理の親子なのにふたりはとても気が合って、お母さんが作った短歌をお祖母さまが色紙にかな文字で書いて飾ったりしていたらしい。

本もよく読む人で、松下さんが中学生になるころには、三人で同じ本を読んで感想を言い合ったり、いっしょに書道展や美術展に足を運んだりしていたのだそうだ。

——そういうわけで、むかしは三人仲良かったみたいなんだけど……。

——むかし？　いまはちがうの？

仲違《なかたが》いしてしまった、ということ？

――折り合いが悪くなったわけじゃなくて、五年くらい前、お祖母さんに認知症の症状が出ちゃったらしいんだよね。

――認知症……。

――うん。症状が進んで、だんだん家族の顔もよくわからなくなってきて、何年か前、ついに介護施設にはいったらしいんだ。

そんなことがあったのか。それはショックだったにちがいない。でも施設にはいったのが何年か前なら、なぜいまになって……？

――それは松下さんが大学にあがる前のことで。わたしたちと知り合ったときは、もうお祖母さんは家にいなかったんだけど。それでも松下さんは毎週お祖母さんのお見舞いに行ってたみたいなんだよね。それがこのコロナ禍でできなくなった。

莉子の言葉に、前にテレビのニュースで見た病院や介護施設の話を思い出した。

新型コロナウイルスの流行で、病院も介護施設も外部の人がはいるのを禁じるようになった。コロナで肺炎になって、そのまま病院で家族にも会えずに亡くなった、という人の話が報道されていた。

――松下さんが落ちこんでいるのは、きっとそっちがおもな原因だね。

バイトの解雇という話のときはしっくり来なかったけれど、それならわかる気がする。

――松下さん、今度のミーティングには参加するのかな。

——するって言ってたよ。石井さんの話では、少しは前向きになってきてるらしい。わたしもそろそろちゃんとしないと、って言ってるんだって。でも、まあ、元通りとは言えないみたいだね。

——二年はそのこと知ってるの？

——事情があるってことは話したけど、細かいことまでは言ってないみたい。それに、話したところでなにかできるわけじゃないしね。みんなが知ってると思ったら、逆に松下さんが気にするだろう、って。

——それはそうかも……。

——とにかく、ミーティングには参加しようと思うんだ。こんなことははじめてのことだし。後輩のためでもあるけど、オンラインでなにができるか考えるのは、自分自身の勉強にもなると思うから。

ゼミにしても、オンラインのツールを使うようになって、会えなくてもコミュニケーションを取る方法がいろいろあるんだということを知った。もしこういうことがなかったら知らないままだったかもしれないが、使ってみればなかなか便利で、もっと活用法があるかもしれない、と思った。

叔母《おば》や母と散歩に出たとき、松下さんの話をしてみた。

「認知症か……。それはたいへんだね」

叔母がため息をつく。

「しかも三人仲が良くて、趣味も合ってたんでしょ？　なら余計に辛《つら》いよね」

母もうなずいた。

その日は少し早めに出て、洗足池《せんぞくいけ》公園まで足をのばしていた。日が長くなっているから、七時を過ぎてもまだあかるい。大きな池のまわりをぐるりと一周しながら、むかしここで叔母たちとボートに乗ったことを思い出した。

緊急事態宣言中はボートの貸し出しも中止になっていたようだが、宣言が解除されて再開したらしい。営業時間をすぎているので、池に出ている船はないが、ボート乗り場付近にスワンボートが揺れていた。

小学校の遠足でここにきたこともあった。洗足池は湧水を堰《せ》き止めた池で、むかしは灌漑《かんがい》用水としても利用されていたらしい。「洗足池」という名前はかつて日蓮《にちれん》聖人がここで足を洗ったから、とされている。

緑が豊かで、春は桜でにぎわい、冬は渡り鳥をたくさん見ることができる。勝海舟《かつかいしゅう》夫妻の墓や、西郷隆盛《さいごうたかもり》留魂詩碑、徳富蘇峰《とくとみそほう》詩碑、名馬池月《いけづき》像などの史跡や水生植物園もあるし、入口近くにカフェもある。ちょっとした観光スポットだ。

「記憶が失われて、だんだん家族のこともわからなくなっちゃうのよね。家族に『あなただれですか』って言ったりするってお客さまから聞いた」

叔母が言った。

「松下さんのところもそうみたい」

「自分の子どもがまだ小さいと思いこんでいて、大人になった息子を見てもだれだかわからないとか、よく聞くよね。だから、家で介護するのはすごく大変だって」

「松下さんのところは何年か前から施設にはいってるみたいなんだけど、これまでは毎週お見舞いに行ってたんだって。でも、コロナ禍になって会いに行けなくなっちゃったらしくて」

「そうか……。いまは病院も介護施設も、外部の人ははいれないっていうもんね」

「母さんのことを考えたら、今年の夏は飯田には行けないね」

母の言葉に、飯田の祖母の顔が浮かんだ。祖母は元気だけれど、いまなにか病気になって入院したら、だれもお見舞いに行けないのだ。

「そうだね。さびしいけど、しばらくは仕方ない」

叔母の言葉にわたしもうなずいた。

## 3

木曜日、小冊子研究会のオンラインミーティングがおこなわれた。

ミーティングルームに入室すると、みんなの顔が見えた。二年、三年とも全員出席で、一年の米倉さんもいた。松下さんの名前もあるが、画面はオフになっている。

莉子とわたしが内定が出たことを伝えると、みんな、おめでとうございます、と言って、クラッカーやくす玉など、さまざまなリアクションを送ってくれた。

雑誌については、前回乾くんの提案で、作った雑誌はネット上の通販サービスを使って販売するということに決まったらしい。

——オンラインショップがあれば販売することはできると思うんですよ。

石井さんが言った。石井さんは高校時代からゆるキャラ本を作成し、同人誌即売会でかなりの売れ行きを誇っているという強者《つわもの》だ。サイトでもオンラインショップを持っていて、雑誌だけでなくグッズも販売しているらしい。

——けど、どうなんでしょうか。小冊子研究会の雑誌の売り上げは、大学祭というお祭り感覚こみだと思うんですよね。オンラインショップで買ってくれる人がいるか、って言われると、微妙な気がします。

意外だった。石井さんにしてはめずらしく、消極的な姿勢だ。

——けど、これまで毎年来てくれていたお客さまもいらっしゃいますし、卒業生の先輩方もいらっしゃるわけで……。もちろん、いつもと同じ数が売れるとは思わないので、数は減らしても良いかな、と思うんですが。

鈴原さんが言った。

——そうですよ、やってみないとわからないんじゃないですか？

根本くんの声も聞こえた。

――雑誌を作りたいという意欲はよくわかりますし、わたしも作りたいと思う。気持ちだけで言えば、わたしたち三年がいちばん強いと思います。

石井さんがきっぱり言うと、二年はぐっと黙った。

――大学生活は四年。そのうちサークルで自分たちが中心になるのは三年生の一回だけじゃないですか。去年の和紙特集も楽しかったし、わたしたちだって精一杯やったと思う。でも、今年はわたしたちが中心になるはずで……。

石井さんが言った。四年になれば、就活や卒論があるから、ほとんどの部員は引退する。莉子とわたしもそうだ。たまに四年が参加することはあるが、中心は三年生。三年が責任者であり、まとめ役であり、部の中心になって物事を決めていく。

莉子とわたしは去年、自分たちのやりたかったことをした。二年、つまり今年の三年のサポートもあって、雑誌は大成功し、売れ行きも上々だった。

石井さんたちも、今年こそ自分たちのやりたいことを全力でやるつもりだったんだと思う。二年は来年にもチャンスがある。だが三年に来年はない。

――やりたいなあ、と思っていることはいろいろあったんですよ。遠出もしたかったですし。去年は長良《ながら》川《がわ》鉄道沿いの伝統工芸を調べよう、なんて話もしてましたけど、それはちょっと渋すぎる気もするし、全国各地のお祭りを取りあげるのもいいなあ、なんて考えてたんですよ。

石井さんが力なく笑った。

――お祭り！　おもしろそうですね！

鈴原さんがそう言いかけてはっと黙った。

――でも、お祭り自体、今年は開催されるのかどうかわからないじゃないですか。これが天災だったら、がんばって復興してお祭りを開催しました、っていう流れもあると思いますけど、感染症の場合は、人が集まること自体にリスクがあるわけで……。

――そうですよね。自分だけのことなら、苦労や危険をかえりみずに行動することもできるかもしれませんけど、今回は自分自身がウィルスを運んでしまうわけですから。

天野さんが言った。

――ずっと、人が集まることが良いことを生み出す、もちろん悪いことを生み出すこともあるけど良いことの方がたくさんある、人間はそうやって進歩してきた、と信じてたんですけどね。今回は集まること自体が悪になってしまった。

稲川くんがため息をつく。

――コロナ禍にはいったときは、なにか自分にもできることがないか、って考えたんです。でも、人と接触するな、無用に動くな、って……。

――不要不急の外出は控えろ、ですよね。

――不要不急って、学生のやることなんて、ほとんどが不要不急ですからね。

――結局、できることはなにもない。みんな自分こそがウィルスの塊かもしれなくて、人に迷惑をかけないためにはできるだけ身動きするな、ってことで……。

――オンラインで授業受けるくらいしかすることがない。

二年生が口々に言う。

――でも、だからやっぱり、雑誌だけでも作りたい、っていう気持ちはあります。売れるか売れないかはやってみないとわからないと思いますし。

鈴原さんが力強く言った。

――でも、売れないものを作ってしまうと、結局後悔することになると思うんですよね。まだ売れないと決まったわけじゃない、と思うかもしれないけど、残念なことに、場がなければ十中八九雑誌は売れません。

石井さんがすっぱり言い切った。

――なぜそう言えるんですか？

鈴原さんが食い下がった。

――うーん、それは……。

石井さんが少し考えるような顔になった。

――皆さん、ゴールデンウィークに開催予定だった同人誌即売会が中止になったのは知ってますよね？

――え、あ、はい。知ってます。

鈴原さんがうなずく。

わたしもニュースで見た。本来、今年の夏はオリンピックが開催される予定だったから、最大手の即売イベントも時期をずらし、ゴールデンウィークにおこなわれることが決まっていた。だが、緊急事態宣言発出もあり、連休中に都内で開催予定だった即売イベントのほとんどが中止になった。

——わたしも出店予定のイベントがありましたから、途中まで雑誌の準備をしていたんですよ。でも、結局印刷するのをやめました。どう考えてもイベントは中止になりますし、もし開催されたとしても、お客さんは激減するだろう、と思ったからです。

石井さんがいつになく真面目な顔で答える。みんな黙って聞いていた。

——でも、知り合いのなかには刷ってしまった人もいて……。すでに発注してしまっていたとか、オンラインイベントを開いて売ろうと考えていた人もいました。

——オンラインイベント……。

——連休、みんなどこにも出かけられないし、オンラインイベントでもそれなりに盛りあがるんじゃないか、という読みもあったみたいです。でも……。

石井さんはそこでため息をついた。

——結局、ほとんどのサークルはまったく売れず、大量の在庫を抱えることに……。

——まったく売れない、ってどのくらいですか？

二宮さんがおそるおそる訊《き》く。

——わたしの知っているサークルではゼロってところもありました。

石井さんが無表情に答える。

――ゼロ？　一冊も売れなかった、ってことですか？

　根本くんが声を上げた。

――そうです。別にあたらしいサークルってことじゃないんですよ。もう四、五年やってて、ふだんはそれなりにちゃんと売れてたサークルです。わたしの出てるのは二次創作じゃなくてオリジナル作品のみのイベントですから、二次創作みたいにバカ売れすることはないんですけど、そのサークルだってお客さんはそれなりにいた。ほんの数冊って話もずいぶん聞きました。

――そうだったんですね。

　鈴原さんの表情が曇る。

――わたしたちも新入部員の勧誘のとき、サイトを作ったり、動画を作ったりしてがんばったじゃないですか。あのときはあれでいけると思ってた。けど、全然ダメでした。はいってくれたのは米倉さんだけ。

――わたしは創作関係のサークルにはいるって決めてましたし、小冊子研究会がいちばんその……内容が充実してると思ったんです。動画までありましたし……。

　米倉さんがへへっという表情で笑った。

――みんな、どうせ入部してもオンラインの活動しかないし、別にいまはいらなくてもいいんじゃないか、と考えたんだと思います。わたしは少しでも早くなんでもいいから活動したかったし、オンラインも慣れてたので……。

——そうなんですよ。結局、サークルに求めるものって、リアルな出会いだったりもするじゃないですか。純粋に小説を書きたいとか、マンガを描きたいとか、雑誌を作りたいわけじゃなくて、はいったら友だちができるかも、とか、なんとなく楽しいことがあるのかも、とか。けどオンラインの活動じゃ、それは期待できませんから。

——たしかに、そうですね。

天野さんがうなずく。

——エア即売会をした人たちも、みんな気合いを入れて宣伝告知につとめたんです。わたしたちみたいに動画を作ったところもあるし、ネットラジオをやったサークルもある。動画サービスを使って、リアルタイムの受け答えができるようにしたところもあったんですよ。結果、みんなオンラインの技術はめちゃ上がったわけですが……。

石井さんが苦笑いした。

——売り上げはともなわなかった。みんな、オンラインでまで話したいわけじゃ、ないんですよ。イベントが楽しいから会場に行く。作者と会ったら話をする。けど、オンラインで話そうとは思わない。直接会えるわけじゃないし、気詰まりだし。

——それはそうかもしれないっすね。それだったら、次にリアルイベントが開かれたときに行って、まとめて買った方がいいや、ってなりそう。

根本くんが言った。

——わたし自身、もし同人イベントの運営母体が潰《つぶ》れてしまったら、とか、ふだんお世話になっている印刷所が潰れてしまったら、とか思うと、気が気じゃないんです。でも、イベントが復活しないかぎり、そして人出が戻ってこないかぎり、雑誌を作っても売れない。だからしばらく雑誌は作らない方針で……。

石井さんはいつになくさびしそうな表情だった。ずっと同人活動を続けてきたのだから、無理もない。クールに話しているが、相当応《こた》えているのではないか、と思った。

──大学祭も同じだと思うんですよ。大学祭に来ればいろんな出会いがあるかもしれない。そこで勧められればノリで買うかもしれない。けど、オンラインショップで買おうとまでは思わない人がほとんどでしょう。

──そうかもしれないですね。所詮《しょせん》大学のサークルが作ったものだし、市販の雑誌にかなうわけないですから。

鈴原さんが目を伏せた。

──悔しいけど、今年は休んだ方がいいってことでしょうか。

中条さんが言った。

──いや、ちょっと待ってよ。

そのとき、乾くんが口をはさんだ。

──まったく売れなかったら、大量の在庫を抱えることになるし、みんな凹《へこ》んで、意欲が下がってしまう。多分石井さんはそこを心配しているんだと思うけど、小冊子研究会の活動の中心って、雑誌を作ることだろう？　それがなくなっちゃったら、部活の存在意義がなくなってしまうじゃないか。

——そうですね、大学祭が中止になったら雑誌はたしかに売れないかもしれません。でも雑誌を作っておきたい、という気持ちはあります。少部数でもいいと思うんです。

天野さんも同意した。

——それに、たとえオンラインでも大学祭が開催されたとき、販売物なし、大学祭へも参加しない、となったら、部の存在感もなくなってしまう。活動を知らしめたい気持ちはあるし、赤字になったとしても雑誌は作った方がいいんじゃないか。

乾くんの言葉に、わたしもその通りだ、と感じた。

——乾くんの言ってることも一理あるよ。

莉子の声が聞こえた。

——小冊子研究会は、雑誌を作ること自体が活動だもん。売り上げで稼ぐのが目的ではない。売れないから作らない、というのは本末転倒じゃない？

——わたしもそう思う。赤字は避けたいけど、雑誌は作らないと。そうしないと、後輩に雑誌作りのノウハウが伝えられないじゃない？　小冊子研究会の伝統の継承のためにも、雑誌作りはした方がいいと思う。

わたしも思い切ってそう言った。

——たしかにそうですねえ。

石井さんが考えこむ。

――たしかに、雑誌を作らないのは本末転倒な気がしてきました。

――じゃあ、紙の雑誌じゃなくて、電子書籍みたいな形にするのはどうですか？　そしたら印刷代もかからないし、在庫も抱えなくていい。

中条さんが提案した。

――電子書籍、ですか？

鈴原さんが微妙な表情になる。

――なんだか、ぴんとこないですね。もちろん電子で読むものもありますけど、なんか、わたしがしたかったのは紙の雑誌作りだった気がして……。

――それはわたしも同じです。

天野さんが笑った。

――そりゃそうだよね、天野さんは活版印刷の人だから。

莉子がそう言うと、みんな笑った。

――うーん、わかりました。そうですよね。小冊子研究会の原点は紙の雑誌。紙の雑誌にしかない手触りや、めくって楽しむ感覚を大事にいままでやってきたわけですし。やっぱり雑誌は作りたい。

石井さんが言った。

――先輩～～～！

――よかったあ！

中条さんと鈴原さんが手を叩《たた》いた。

——まあ、そうだよね。雑誌作らなかったら、やることないからな。

乾くんが笑った。

——そうです、雑誌を作ることこそ我が小冊子研究会のイデアです。

根本くんがキリッとした顔で言った。

——イデア……。大きく出たね。

石井さんがくすっと笑った。

——でも、たしかにそうですね。文芸部だったら、作品さえ書ければ媒体はなんでもいい、ってなるかもしれない。でも、小冊子研究会は、雑誌を作らなくちゃ。

石井さんの言葉で、この前莉子と話した因縁話を思い出した。

——でもね、作るからには、今年は仕方ない、とかいう言い訳はなしにしましょう。売ることを放棄したら、それはもう単なる自己満足です。絶対に売れるものを作る！

——そうだよ、打倒文芸部！

莉子が声をあげる。

——ですね！

石井さんがにまっと笑った。またはじまった、と思う。

——にしても……。今年はいつもと同じ作り方じゃ売れないこともたしかですね。売れる企画を考えて、注目を集める方法を探さないと。

――それは発想を根本から変える必要があるね。いまぐだぐだしゃべって見つかるものでもないだろうから、あとはそれぞれ考えて案出しってことでどうだろう？

乾くんが提案した。

――そうだね。各人来週までに五つは案を考えて、共有フォルダにあげること。

石井さんが言った。

――五つですか？

稲川くんが訊《き》いた。

――もっと多くてもいいよ。数を出さないと、いいものは出てこない。

石井さんが答えるのを聞いて、以前記念館でカラーインクの名前を考えたときのことを思い出した。あのときは藤崎さんに、明日《あした》までに十案考えてくるように、と言われた。無理だと思ったけど、考えて考えて頭を絞り切ったあと、お風呂《ふろ》で思いついた案が結局採用されたのだ。

――二年はもちろん、米倉さんも必ず考えてきてください。

石井さんがキリッと言った。

――わかりました！　米倉、がんばります！

画面の向こうで、米倉さんが両手をぎゅっと握りしめるのが見えた。

結局、松下さんはずっと画面オフのままだったな。ミーティングが終わってからそう思った。オンラインはこういうとき不便だ。リアルな部活だったら、ミーティングが終わったあと様子を見ながら話しかけて、お茶に誘うことだってできるのに。

なにもできないのがもどかしい。こうして話しかけずにいるうちに、心がどんどん離れていってしまうような気もした。

とりあえず、石井さんや莉子と相談してみようか。石井さんならもう少し事情をくわしく知っているかもしれない。

今年の大学祭のことも考えないといけないな。わたしも後輩たちと同じように案を五つ考えることにしよう。最初は雑誌作りに否定的だった石井さんも、なんとか考え直して前向きになったみたいだったし。

通販のことを考えているうちに、記念館のオンラインショップのことを思い出した。ワークショップはまだ無理としても、オンラインショップだけでも再開できないものだろうか。こうやって閉じているうちにみんな忘れてしまうかもしれない。せっかく定着しはじめたところだったのに、それは惜しい。

それに、前に叔母《おば》が、店の器が最近ぼちぼち売れている、と言っていた。外に出かける用事が少なくなった分、家で使う器をよくしよう、という人も増えてるのかも、と。

だったら、和紙小物だって売れるかもしれない。とくに、いまは直接人に会うのがむずかしいとき。オンラインツールもいいが、手書きの手紙にはそれとは別の魅力がある。そのあたりをアピールすれば、関心を持つ人はいるかもしれない。

記念館のグッズにレターセットはないけれど、組子障子のカードはある。カードとモリノインクのカラーインクをセットにして、「手書きの文字で人と人の心をつなぐ」みたいなコピーをつけるとか。平安時代、直接会えない男女は文に心を託したという。それに、手紙を書く時間というのは、落ち着いて自分と向き合う時間にもなる。

緊急事態宣言は明けたわけだし、いまなら実現できるかもしれない。思い切って、藤崎さんにメールを書いてみることにした。

ワークショップは無理だが、オンラインショップだけでも再開できないか。カードを中心に、オンラインツールにない手触りをアピールしてはどうか。販売業務は自分が担当する、というようなことをできるだけ簡潔な文章にまとめ、送信した。

4

翌朝、藤崎さんから返信があった。手触りのあるコミュニケーションツールという着眼点はおもしろい、オンラインショップなら展開のしようがあるかもしれないから、会社にかけあってみる、という内容だった。

うまくいくかもしれない、と思ったが、次の日、藤崎さんから、やはりいまはむずかしい、詳細はビデオ通話で話したい、という返信がきた。メールのやりとりでその日の午後にミーティングをおこなうことに決まり、招待が送られてきた。

どうしてダメなんだろう。いまは藤崎さんが忙しくて、そこまで手がまわらないということなんだろうか。通販だけならわたしでもできる。出社することに問題があるなら、うちに在庫を保管して、そこから発送するとか……。いや、さすがに商品をバイトの家に置くのはまずいか。

あれこれ考えてはみたものの、どれも憶測である。あきらめて、ミーティングの時間を待つことにした。家で仕事をしていた母といっしょに昼食を取り、午後のオンラインミーティングのためにダイニングテーブルを貸してもらうことにした。

「藤崎さんと話すのも久しぶりよねえ」

母に言われて、そういえばそうだな、と思った。

「そうだね。メールのやり取りはあったし、本も送ってもらったけど……。藤崎さんとオンラインミーティングなんてはじめてかも」

記念館の閉館後、バイトはお休みだったのだからあたりまえではあるのだが、以前毎日のように顔を合わせていたことを思うと、なんだか不思議な気持ちだった。

「採用試験に通ったのも、あの本のおかげみたいなところもあるじゃない？　ちゃんとお礼を言っておかないとね」

母に言われ、うなずいた。あの本を見ていなかったら、最終面接で全然ちがうことを話していた。和紙の話をしたから採用されたかはわからないけれど、正直な気持ちを伝えられたことに自分なりに満足していた。

やっぱりあれでよかったんだ、と思う。最後、きちんと答えは出せなかったけれど、ほかの人の真似をしてそれっぽいことを言っていたら、きっと後悔していた。受かっても落ちても。

食事の片づけが終わると、ミーティングの時間が迫っていた。画面越しではあるけれど、久しぶりに藤崎さんと顔を合わせるのだ。きちんとした格好をしないと。自分の部屋に戻って白いシャツに着替え、髪を整えた。

時間になり、指定されたIDとパスワードでミーティングルームにはいった。入室が許可され、画面に藤崎さんの顔が映る。なんだかなつかしくて、息を呑《の》んだ。

全然変わってないな。いや、人間、数ヶ月で変わるはずもないんだけど。髪型も、服装も、記念館にいたときと同じ。ただ、背景だけが記念館じゃない。本社の会議室だろうか。見覚えのない部屋だった。

——じゃあ、はじめようか。まずは提案ありがとう。

藤崎さんが言った。こういうところも変わってないな。数ヶ月ぶりに会ったんだから、久しぶり、とか、どうだった、とか、そういうあいさつがあっても良いのでは……？まあ、いいか。そう思って、今日はよろしくお願いします、とだけ言って頭をさげた。

——メールを見たときは、悪くない提案だと思った。だが、結論から言うと、いまは少々むずかしそうだ。

——それは、商品の発送のために、わたしが出社しなければならないからでしょうか。

——まあ、すごく大雑把に言えば、そういうことだな。

藤崎さんがうなずく。

——緊急事態宣言は明けたが、いまは会社全体ができるだけオンラインで、という方針になっているからね。出社が許可されるのは、会社でないとできない重要な仕事のときだけ、ということになっている。

——商品をいくつかうちに保管しておく、というのも無理ですよね？

——そうだな、いちおう商品だからね。社外で管理するのはちょっと無理そうだ。

なにかあったときには責任問題にもなる。一日二日ならまだしも、長期間アルバイトの家に商品を置いておく、なんてことはやはり無理なのだろう。

——さっき大雑把に言えば、と言ったが……。実は出社自体は、そこまで問題じゃないんだ。できるだけ出社を避けると言っても、絶対に出社しちゃいけない、ということではない。発送作業をおこなう部屋を定めて、出社したらすぐにその部屋に行き、ひとりで作業をするなら、ほとんどほかの社員と接触しないし。

——じゃあ、どうしてダメなんですか？

——簡単に言うと、問題は、商品がどれくらい売れるかわからない、ってことなんだ。たとえば毎週数十件の売り上げがあるなら、発送の曜日が限定されていることをお客さまに伝えておけばさほど問題はない。だが、週に数件しか売り上げがないとしたら？

そのために週一でアルバイトひとりを出社させるというわけにもいかない。

なるほど、と思った。作業量が少なくても、出社すれば人件費も交通費もかかる。下手したら、売り上げより高くなってしまうかもしれない。

――かといって、数十件たまるまで発送しないということにしたら、お客さまを大幅に待たせることになってしまう。発送日は定期的に設けなければならないが、それだけの売り上げがあるのか、という問題だ。

藤崎さんはそう言って、手元の資料を見た。

――これまでのオンラインショップの売り上げをみたが、安定しているとはとても言えない。新商品が出て、SNSで告知が出たあととか、紙こもの市のようなイベントの前後には一時的に伸びるけれど、数件という週も多い。

――そうですね。

――これまで記念館の物販コーナーで買ってくれていた人がオンラインショップに移行してくれればいいけど、オンラインショップを知らない人も多いだろうし。

その通りだ。それに、実際にその場に来て手に取るからこそ購買意欲が高まるのだ。記念に買っておこうか、という気持ちにもなる。石井さんが言っていた「大学祭だから買う」というのと同じである。

――ほかの事例を見ても、オンラインショップを成功させるには、それなりに宣伝告知も必要になる。SNSを使った広告とか……。だが、それにもお金がかかるし、いまの売り上げだとそこまで費用をかけられない、というのが正直なところだ。

藤崎さんが顔をあげた。

――売り上げをのばすことは考えず、宣伝費はかけず、来た注文に応《こた》える。それでもゼロよりはいい。記念館があったころはそういう考え方でよかったんだ。

――通常の記念館業務のかたわら、発注作業ができたからですよね。それだったら、週に数件のときと週に数十件のときがあっても、対応できますから。

――そういうこと。だから、今回も僕がその業務を受け持てばいいのかな、とも考えた。でもそれだと、発送作業が増えたら、対応できないかもしれない。

――それは……。藤崎さんにそこまでの負担はかけられません。

いまの業務で手一杯の藤崎さんに、そこまでさせるわけにはいかなかった。

――いや、医療用品部門も最初は混乱状態だったが、生産ラインの目処《めど》も立って、最近はだいぶ落ち着いてきたんだ。そろそろ本来の和紙関係の業務に使える時間ができるんじゃないか、と期待してるんだが……。

藤崎さんが困ったような顔になる。

――まあ、まだしばらくは無理かな。それで、別案も考えてみた。発送作業をほかの部署にまかせる、というものだ。通常業務で週に何度か出社しなければならない人はいるからね。その人に発送だけ兼務してもらう。

――それだったら、発送のために人件費が発生することもないわけですね。

――うん。でも、これもすぐに壁にぶち当たった。

――なぜですか？

――部署的な問題だよ。その作業を頼むとしたら、担当は第一営業部になるから。

第一営業部。それを聞いたとたん、絶望的な気持ちになった。第一営業部には藤崎さんの天敵の浩介さんがいるのだ。

藤崎さんと浩介さんはいとこ同士。浩介さんはいまの社長の息子で、藤崎さんは次男の晃成さんの息子である。浩介さんは次期社長と目されているのだが、藤崎さんに強い敵対心がある。それはどうやら幼少時にさかのぼる根深いもののようなのだ。

幼少時、藤崎さんはめぐみさんが仕事で忙しかったため、よく前社長夫妻の家に預けられていた。そこで前社長夫人の薫子さんから和紙に関する知識を与えられ、藤崎さんも生まれながらの紙オタクだったのか、その知識をぐんぐん吸収していった。それが浩介さんの目から見ると藤崎さんが前社長夫妻から特別扱いされているようで気に入らなかった、ということらしい。

さらに、子どものころの藤崎さんの不用意な発言によってプライドが傷つけられ、浩介さんは和紙そのものを嫌うようになり、記念館不要論まで唱えていた。

――第一営業部は包装資材を扱っていて、まだ紙のダイレクトメールも使ってるんだよ。商材のサンプルを送ったりね。だから、月に何度か発送作業が発生する。会議でそこに組み入れたらどうかって提案したんだけど、イレギュラーな発送には対応できない、って。即答だった。

　藤崎さんが苦笑いした。

　まあ、相手が浩介さんじゃ、無理もないか。

——というわけで、いまは実現の目処が立たないんだ。でも、アイディア自体はいいと思った。それに……。

　藤崎さんはそこで少し言葉を止めた。

——いま、和紙小物の業界全体がかなりまずい状態になっていてね。

　少し考えながらそう言った。

——まずい？　どういうことですか？

——コロナ禍で外国人観光客がいなくなってしまっただろう？

——は、はい。

　パンデミックを恐れ、数ヶ月前から飛行機が飛ばなくなり、海外との行き来はなくなった。以前はたくさんいた外国人観光客の姿は街から消えてしまった。観光地もがらがららしい。

——京都でも金沢《かなざわ》でも、和紙雑貨の売り上げは外国人観光客が支えていたんだよ。紙こもの市のようなイベントは日本人ばかりだけれど、観光地の土産物屋では外国人観光客が多かったからね。和紙の小物はお土産にはもってこいなんだ。小さいけれど華やかで、軽くて、単価も低い。しかも日本らしい繊細な作りだ。

以前、京都で行った型染《かたぞ》めの工房のことを思い出した。あのとき社長さんは、外国人観光客の増加で、和紙小物はどこも好調、でも後継者問題を抱えるところも多くて、とおっしゃっていた。でも、その外国人観光客がいなくなってしまったら……？

外国人観光客は、日本らしさを感じられるものを好む。京都に行ったときたくさん和紙雑貨の店があったのもそのせいだろう。美濃市だって、あんなふうに町を整えたのはきっと外国人観光客が来るからだ。

古いものに光があたり、にぎわうようになったのも、外国人観光客の力があったから。でも、それがすべてなくなってしまった。

――観光関係はどこも苦しいだろうけど、和紙雑貨の業界もかなり困っている。この状況が続いたら畳む店が増えるだろう。だからうちでできることはしたいと思っているんだ。オンラインショップで少しでも協力したい、という気持ちはある。

――そうなんですね。

わたしはうなずいた。これまで藤崎さんや薫子さん、産地の人たちからいろいろな話を聞いてきたからわかる。伝統というのは、一度切れてしまったら復活できない。材料や道具があっても、引き継ぐ人がいなければ消えてしまう。

――この状況、いつまで続くんでしょう。感染者数も落ち着いてきているし、そろそろ元通りの生活に戻れるんじゃないでしょうか。

すがるような気持ちで訊《き》いた。

――いや、それはないと思うよ。

藤崎さんが即答する。

――いま、日本の感染者数は落ち着いているように見える。でも、欧米はどこも依然として高い数値だ。この状況で海外との行き来がはじまれば、感染もまた広がってしまう。

――しばらくは外国人観光客が戻ってくることはない、ってことなんですね。

――いまはどこも、県外から人がはいってくることさえ恐れている状況だからね。海外からの渡航者を受け入れるなんて、ずいぶん先のことだと思う。それに日本だって、いまおさまっているだけで、これからどうなるかはわからないわけで……。

まだしばらくはこの状況が続くということ？　放っておいて自然に消えていくものでもないだろうし、テレビでだれかが言っていたみたいに、ワクチンが開発されるまではどうにもならない、ってことなんだろうか。

――もちろん、どの国もそんなにいつまでも国を閉じておけるわけがない。でも、正常化するまでは相当な時間がかかるだろう。和紙の伝統を引き継いでいくために、それまでなんとかいまあるものを守り切らなくちゃならない。

藤崎さんの言葉にはっとした。これは記念館のオンラインショップだけの問題じゃない。もっと広く、しっかり考えないといけないことなんだ。

――わかりました。すみません、わたしが勇み足でした。

――いや、そんなことはないよ。勇み足……か。それも悪いことじゃないよ。だれかが一歩を踏み出さないと、結局なにも進まないんだから。慎重になることだけが守ることじゃない。進みながら考えないといけないときもある。

藤崎さんが少し笑った。

——とにかく、僕もやり方を少し考えてみる。焦らずに、でも、うずくまっちゃダメだ。これからもいっしょに考えよう。

——わかりました。

——なにか思いついたら連絡してください。当面給料が出せないから、たびたびってわけにはいかないけど、またミーティングしましょう。ああ、それから……。

藤崎さんはそう言って、少し言葉を止めた。

——内定おめでとう。

突然の言葉に思わず固まった。

——あ、ありがとうございます。最終面接の前に送っていただいた見本帳が心の支えになりました。試験に通ったのはあの見本帳のおかげです。ありがとうございました。

——来年からは正式な社員ということだからね。むずかしい時期になってしまったけど、これからの藤崎産業を大きな視点で見ていってほしい。いっしょにがんばろう。

いっしょにがんばろう、という言葉がうれしくて、胸がいっぱいになった。最終面接がうまくいったのは、藤崎さんから送ってもらった見本帳のおかげだ。会社に行けるようになったら、ちゃんとお返ししなくちゃ。

——はい、よろしくお願いします！

深く頭をさげた。

5

次の週、ふたたび小冊子研究会のミーティングが開かれた。一、二年とも、みんなそれぞれ五つずつ雑誌の特集の案をあげてきた。

しかし、莉子やわたしが考えていた「思い出のなんとかガイド」や「テーマ別読書ガイド」「これまで集めてきたリトルプレス」のようなものばかりで、ダブりも多く、似たり寄ったりだった。

——もう一工夫欲しいですよね。

石井さんが渋い顔をした。

——どれも発想としていままでと変わらないんですよ。これまでの考え方で取材なしでできるものって考えたら、どうしたって取材ありのものより小さくなるでしょ？　今回は、それじゃダメなんですよ。大学祭がなくても売れるものでないと。

——これまでよりパッと見ておもしろそうじゃないといけない、ってことですか？

中条さんが首をひねる。

——小冊子研究会のことも、うちの大学のこともなんも知らなくても、そのタイトルだけで欲しい、ってなるようなもの、ってことかなあ。

乾くんが言った。

──そんなの思いつくようだったら、プロの編集者になれますよ。俺たち一介の学生が、そんな大物、すぐに思いつくわけないじゃないですか。

根本くんがぼやいた。

──そうだよねえ。

二宮さんが苦笑いする。

──これまでより条件が悪いのに、これまで以上の雑誌を作らなくちゃならない、ってことですよね。むずかしいなあ。

鈴原さんもため息をつく。

──いやいや、そう簡単にあきらめるな、って。

乾くんが言った。

──これまでは大学祭があるものと考えていたから、なんとなく前の雑誌を参考にして、それっぽいものを作ってただけ、っていうことなのかもしれないよ。それじゃあいつまでたっても二番煎《にばんせん》じを免れられない。今回はじめて企画を根本から考えざるを得なくなったわけだけど、それによって質的な飛躍があるかも……。

──じゃあ、乾先輩にはどんな案があるんですか。

根本くんが突っこむ。

――それをいま考えてるんじゃないか。

乾くんが言い返した。

――とにかく、これまでとは発想を変えなくちゃならないんだ。こういうのは、考えて考えた末に、ようやく出てくるものなんだよ。時間がかかるのは仕方ない。

――この一週間、もう寝ても覚めてもこのことばっか考えてますけど。なんも思いつかないですよ。もう、あれでいいんじゃないですか？　西園先輩の『地域猫通信』。あれ、全然適当な作りなのに、なぜか毎年売れてるんですよね。みんなで自分ちの近くの猫の写真を撮って、それをまとめればできあがりってことで。

根本くんの口調はやけっぱちである。

『地域猫通信』は、毎年小冊子研究会の雑誌とともに販売されていた、今年卒業した西園先輩のオリジナル冊子である。

地域猫を愛する西園先輩が猫の写真と短文を組み合わせて作ったものだが、いつも三十ページそこそこしかなく、写真の腕が微妙すぎて、猫はほとんど写っていない。尻尾《しっぽ》だけ、とか、後ろ姿がぼんやり、といった感じで、言われなければ猫が写っていることすらわからない。

ところがこれがなぜか毎年売れるのだ。小冊子研究会総出で作った雑誌と引けを取らないほどの売り上げで、しかもその売り上げのうち、製作費だけを懐に入れ、利益はすべて部に入れてくれる。ほかの部活動の出席率は最悪、雑誌作りにもほとんど貢献しないが、ありがたい先輩だった。

その西園先輩も三月で卒業してしまったので、今年は『地域猫通信』もない。

――なに言ってるんですか。『地域猫通信』はそんな安直なものじゃないですよ。西園先輩のキャラクターがあってはじめて生まれる味わいがあってですね。

西園先輩推しの鈴原さんがむきになって言った。おっとりした鈴原さんだが、西園先輩に対してはアツい思いがあるみたいだ。

――そうですよ、ピントも合ってないし、猫もほとんど撮れてないけど、あの雑誌の写真には猫の気配が感じられるんです。ああいう写真はなかなか撮れません。オーラのある雑誌だとわたしも思いました。

写真にくわしい中条さんも援護射撃する。なぜここまで人気が高いのかわからないが、うちの叔母《おば》や母も『地域猫通信』をいたく気に入って購入していた。

――オーラのことはよくわかりませんけど、僕たちにはどのみち『地域猫通信』は作れないと思いますよ。あれは薄くて軽くて力が抜けているのがいいのであって、狙ってできることじゃないと思いますから。

稲川くんが冷静に言うと、みんなじっと黙った。

――じゃあ、どうするんですか。もういっそ、自分たちの作品を載せるのはどうですか。石井先輩のゆるキャラ、乾先輩の超短編ミステリ、松下先輩の短歌。二年も中条さんの写真、二宮さんのイラスト……。みんなそれなりに出すものはありそうですから、文芸部みたいな作品集を作れば……。

——それはダメーっ！

莉子と石井さんがほぼ同時に叫び、音声が乱れた。

文芸部という言葉に反応したのか？　ここまで徹底しているとは、と感心してしまう。

——けど、なんかちょっと見えたような気がします。

石井さんが言った。

——見えたってなにが？

乾くんが訊《き》く。

——雑誌の作り方、というか、雑誌をどうとらえるか、というか……。

石井さんが腕組みする。

——抽象的だな。もう少しわかるように話してくれよ。

乾くんが言った。

——つまりですね、わたしたちはどうしても、これまでの雑誌の作り方でものを考えようとしてしまうわけですが、いまはそれではうまくいきそうにない。それは、大学祭がないから、とか、対面販売ができないから、ということではないんじゃないかと。

——どういうこと？

——わたしたちが作ってきた雑誌は、文芸創作とはちがうんです。いまの世の中を見て、そこでみんなで考えたことをひとつの形にしていく、そのことに意味があるんです。でもいまは、わたしたちが向き合うべき世の中が変わってしまったんですよ。

――世の中が……？

――変わった？

天野さんと中条さんがつぶやく。

――今回流行《はや》っているこの新型コロナウイルスがどれくらい危険なウイルスで、どれくらいの被害が出るのか、ということは問題じゃないんです。いまや全世界の飛行機が止まって国のあいだは行き来できなくなり、国内でもいろいろな行動制限が出ている。そのこと自体、異様なことなんです。半年前の世界とは全然ちがう。世界が変わってしまったんですよ。

――たしかに……。

莉子が言った。

――天変地異じゃないから、見た目は変わらない。それに、最初はいまはたいへんだけど、一時的なものだとなんとなく思っていた。何ヶ月か我慢すれば、自然ともとに戻るんじゃないか、と。だから、大きな変化だと思わない人も多かった。感染者数だの外出自粛だのにとらわれて、「もとに戻す」ことばかり考えていた。

――そうですね、いまは移動すること、集まること、騒ぐことが悪いことのように思われるようになってるし、コミュニケーションに対する考え方も変わった。

――そう、それなのに、わたしたちは雑誌を企画するとき、前と同じ世界を土台にして考えようとしているんです。

石井さんの言葉に、みんな黙った。

——前の世界はもう存在しないんですよ。いい悪いの問題じゃない。ともかく大事なのは、いまわたしたちの目の前にあるのが、以前とは別の世界だってことです。その世界で意味のある雑誌、もっと言えば、いまこの時代を生きている人たちが求めているものを作らないといけない。

——つまり、いまの世の中では、人々の求めているものも以前とは変わってしまったってことか。

乾くんが言った。

——そう。けど正直、まだ頭がついていってない。わたしたちはみんな、まだ前の世界の残像を見てものを考えてるんです。

石井さんの言葉に驚き、ぎゅっと胸をつかまれた気がした。

前の世界の残像……。

世界は変わっていき、前の考え方では対応できない。それはなんとなく理解できた。記念館のこともそうだったから。このままいけば、大学は後期もオンライン授業かもしれない。紙こもの市も開催されず、ワークショップもできない。

そんなことは受け入れられない。受け入れたくない。でも、いまはこの現実のなかで生きなくちゃいけないんだ。

——とにかく、考え方自体を変えないと、どうにもならないってことです。大きなことがあったあとはきっといつだってそうなんです。そういうときには、その変化をとらえたものが勝つってことなんじゃないでしょうか。

——でも、勝たなくちゃいけないんでしょうか。売れなくてもいいから、前から大事にしていたものを守る、って考え方もあると思いますが。

鈴原さんが言った。

——もちろん、そういう考え方もある。けど、大事なのは、わたしたち自身もほんとは少しずつ変わっていってる、ってことです。世の中と分離して生きることはできませんから。気がつきたくないだけ、認めたくないだけかもしれない。

石井さんがきっぱりと答えた。

——そうかもしれませんね。これまでだって、なんとなくずっと同じ世界で生きてきたように感じてましたが、ほんとは常に少しずつ世界は変化していたのかもしれない。同じ世界を見ていても、親の世代の見方と僕たちの見方はちがうじゃないですか。だから、ほんとはみんなちがうものを見ていて、それが少しずつ推移していっている。僕たちがそれに気づかないだけで。

根本くんが言った。

——わたしは、人の心には絶対変わらない核みたいなものがあると思う。

莉子が言った。

――わたしもそう思います。

鈴原さんがうなずいた。

――けど、ものごとの優先順位が変わるってことはあると思う。いままであたりまえに大事にされてきたことが二の次になったりとか。そういうとき、価値観を押しつけあうんじゃなくて、共存できる方法を考えていかないといけないんじゃないかな。

――まあ、とにかく、考え方を根本から変えてのぞまないとダメってことです。だから、この話題は来週に送ります。まだ時間はありますから、特集をどうするか、みんなそれぞれもう一度考えてくることにしましょう。

石井さんの言葉でミーティングはお開きになった。


ミーティングが終わったあとも、しばらく石井さんが言っていたことを考えていた。世界が変わった。だからそのちがう世界で意味のあるものを作らなくちゃいけない。前と同じ発想じゃダメ。

それは記念館も同じなのかもしれない。世の中の状況が変わって、みんなその状況のもとで暮らしている。そこで大事なものを探さなくちゃいけない。

むずかしいことのようにも思えるけど、よく考えたら、自分だってその状況のなかで生きているんだから、自分のまわりのことから考えていけばいいってことだ。

変化……。なんだろう。外に出かけられないから、家にいることが増えた。人といっしょに過ごすことも減った。いや、叔母や母と過ごす時間は増えたから、接する人が少なくなった、ということなのかな。

外で思いっきり身体を動かしたり、みんなで集まって騒いだり。そういうことが全部なくなった。前に莉子とも話したけど、ハレの場がすべてなくなってしまった。

だから、みんなオンラインで楽しめるものを探しているけど、それってやっぱり限界がある。オンラインでは視覚と聴覚くらいしか共有できないし。

でも、そしたらなにをしたらいいんだろう？　っていうか、この状況でなにができるんだろう。しばらく考えてみたものの、なにも思いつかない。こうして考えていたら、いつかいいアイディアが出てくるんだろうか。

八方塞《はっぽうふさ》がり。そんな言葉が頭に浮かんで、はあっとため息をついた。

6

土曜日、母、叔母《おば》と少し早めに散歩に出かけた。多摩川方面は行き尽くしてしまったし、今日は駒沢《こまざわ》オリンピック公園に行ってみよう、と叔母が言った。自由が丘を抜け、途中、自由が丘熊野《くまの》神社に寄り道したりしながら、公園の方に向かって歩いた。

駒沢オリンピック公園は、昭和三十九年の東京オリンピックの第二会場になった場所で、陸上競技場や球技場、体育館、サイクリングコースなどがある広い運動公園だ。むかしはプールもあって、母や友だちと行ったことがあるが、そういうときはいつもバスだったから、こんなふうに歩いていくのははじめてだった。

園内にはいり、ぶらぶら歩く。広々した運動公園だが、あちらこちらに木々が茂り、バードウォッチングでも有名らしい。

「そういえば、オリンピックは来年の夏に延期になったけど、できるのかしらねえ」

叔母がぼそっと言った。来春に開催という案もあったようだが、感染状況が読めないこともあって夏に開催ということになったらしい。

だが、ほんとに来年の夏までにおさまるのかはだれにもわからない。ヨーロッパの感染者数は減ってきているみたいだが、アメリカやブラジルではまだ感染者や死者がたくさん出ているみたいだ。

オリンピック記念塔の下に立ち、三人で塔を見あげた。池のなかに立っていて、白いコンクリート製だがなんとなく五重塔に似ている。正方形の板と棒を積みあげたようなデザインで、子どものころは変な形だなあ、と思っていた。

中央広場にはちらほら人がいて、散歩したりジョギングしたりしている。みんなマスクをしているが、それ以外は以前と変わらない。

ぼうっと風景をながめていると、少し離れた場所を歩いている女性の姿が目にはいった。黒くて長い髪。リボンのついたブラウスにライトグレーのフレアースカート。刺繍《ししゅう》のはいったショルダーバッグ。あれは……。

「松下さん」

思わず声が出た。服にもバッグにも見覚えがある。まちがいない、と思った。

声に気づいたのか、その人も立ち止まってこっちを見た。

「吉野先輩」

松下さんだった。マスクをしているので顔はよくわからないが、前よりいっそうほっそりしたように見えた。

「先輩、どうしたんですか?」

こちらにやってきて、訊《き》いてくる。

「先輩の家、奥沢《おくさわ》でしたよね?」

そういえば、松下さんの家の最寄駅は駒沢大学だと聞いていた。松下さんは池袋《いけぶくろ》から渋谷《しぶや》経由で東急田園都市線《とうきゆうでんえんとし》の駒沢大学駅、わたしは目黒《めぐろ》経由で東急目黒線の奥沢駅。ふだんは山手線《やまのて》の途中で分かれてしまうけど、自転車ならわりと近いのかも、と話したことがあった。

「散歩してたんだ。叔母と母といっしょに。外出できないから、運動不足になっちゃうでしょ? それで毎日夕方三人で散歩してるの。いつも同じ近所だと飽きちゃうから、今日はちょっと遠出してきたんだ」

そう言って、叔母と母の方をふりかえる。松下さんもふたりの方を見た。母も叔母も、松下さんとは大学祭や記念館のイベントで何度か顔を合わせている。松下さんの方も覚えているのだろう。おたがいにぺこっと頭をさげあっている。

「松下さんの家、ここから近いの？」

「いえ、うちは線路の反対側なんです。わたしも散歩みたいなもので……。ずっと家にいるといろいろ考えちゃうんで、気分転換に」

「そうだったんだ」

「みんな、心配してますよね」

松下さんが目を伏せた。

「え？」

「石井さんから聞きました。荒船先輩や吉野先輩が心配してたって。二年もきっと、わたしの様子がおかしいことには気づいていると思うので……。すみません」

松下さんが頭をさげた。

「大丈夫だよ。心配ではあるけど、謝ることじゃないでしょ？」

そう言ったとき、母がわたしを呼ぶ声が聞こえた。

「百花、そしたらわたしたち、園内をまわってくるね。久しぶりに会ったんでしょ？」

母が言った。

「わかった。そしたら、あとで電話するね」

そう答えると、母と叔母は手を振って歩いていった。

「大丈夫ですか？　せっかく三人でお散歩中だったのに」

「毎日のことだもん。気にしなくていいよ」

そう言いながら、池の前のベンチに座った。

「ミーティングではなにも発言できなくて、すみません。サークルの活動がいやになったとか、みんなと話したくないとかいうことじゃないんです」

「それはわかるよ。もしそうだったら、そもそもミーティングに出ないだろうし」

ずっと画面オフで発言もないが、毎回ミーティングには参加している。それに、サークルのつきあいがいやなら、わたしに呼び止められても無視して去っていったはずだ。

「なんて言ったらいいかわからないんですけど、前向きなことが考えられない、っていうか。考えようとしてもダメなんです。さらさらっと指の間から砂が落ちていくような感じで……」

松下さんが深く息をつく。

「石井さんからは、お祖母《ばあ》さまのことが原因じゃないか、って聞いてるけど……」

「そうです。コロナ禍になってから、祖母と会えなくなってしまって。もう三ヶ月以上、顔を合わせてません」

松下さんは地面を見つめたまま言った。

「施設にはいれない、ってこと？」

「そうなんです。外からウイルスを持ちこまれることを心配して、見舞いは一切禁止になってしまったんです。お見舞いって言っても、認知症が進んで、訪ねていってももうあんまりわたしたちのことはわからないんですけどね」

　松下さんがさびしそうに笑った。

「もうずいぶん前からそうなんです。父や母のこともわからない。施設にはいってからも、祖父は毎日お見舞いに行っていました。だから自分との関係はわからないんですが、知ってる人だとは思ってるみたいで。祖父の顔を見るとうれしそうにしてましたが」

「松下さんのことは？」

「わたしがわたしだということはわかってないんです。なんていうか、自分がもう年を取っている、ってことがわかっていないというのか。だから大人になった父のことはわからない。もちろん、自分に孫がいるなんていうこともわからない。でもわたしが行くと喜ぶんです。わたしのことを妹だと思ってるみたいで」

「妹って、お祖母さまの妹ってこと？」

「はい。祖母には妹がいたんです。若いころに病気で亡くなっているので、わたしは会ったことがないんですけど……」

　松下さんが空を見あげた。日が暮れかかり、雲がピンク色に染まりはじめていた。

「入院する前からなんですよね。なぜかわたしのことを『アサちゃん』って呼ぶようになって。最初はそう言われるたびに『侑子《ゆうこ》だよ』って直してたんです。父や母に『アサちゃん』ってだれだろ、って訊いても、わからないって言われて。けど、あるとき祖父に話したら、それは祖母の早くに亡くなった妹の名前じゃないか、ってなって」

「そんなことが……」

「祖母の妹が亡くなったのは、父が生まれるより前だったんです。だから父は、祖母に妹がいたらしい、とぼんやり知ってはいたけど『アサちゃん』って言われても思い出せなかったんですね。でも祖父によると、祖母はその妹とすごく仲が良かったらしくて。祖父が写真を探してくれて、見たらたしかにちょっとわたしに似てました」

松下さんが微笑んだ。

「瓜《うり》ふたつ、とかじゃないですよ。祖母はもうそんなに細かいことはわからないし、たぶん身近にいる若い女性だから妹だと思っただけなんじゃないかと。けど、入院してからもわたしが行くと『アサちゃん』って言って喜んでくれた」

「そうだったんだ」

「祖父もそれがうれしかったみたいなんですよね。その気持ち、わたしもよくわかる気がしたんです。祖母がどんどんわたしたちのいる世界から遠ざかっていってしまっている気がして、アサちゃんのことを覚えている、ってことが、わたしたちのいる世界との数少ない絆《きずな》みたいに思えて。わたしはアサちゃんじゃないし、アサちゃんのことも知らないけど、祖母が笑うのがうれしくて」

松下さんはそう言って下を向いた。

「わたしが行くと、ときどき長く話してくれることもあったんです。子どものころのことみたいで、話の流れはめちゃくちゃで、なにを言ってるのかわからないことも多かったんですけど、とにかく祖母が楽しそうで。その笑顔を見るのがうれしかった」

松下さんの横顔から涙が落ちるのが見えた。

「でも、もしかしたら、こうやって長いこと会えずにいたら、祖母はアサちゃんのことも忘れちゃうかもしれない。わたしたちとの絆が全部なくなっちゃうかもしれない。もしかしたら、もうすでに忘れちゃってるかもしれなくて……」

「松下さん……」

なにを言ったらいいかわからず、口ごもった。

「家にいると祖母のことを思い出して、どうしても暗い気持ちになっちゃうんです。でも、わたしがくよくよしてると、父の機嫌が悪くなるんです。くよくよ考えたってどうしようもない、自分たちは前向きにならないと、って。父にとっては自分の母親ですから、きっとわたしより辛《つら》いんだと思うんですけど」

松下さんが顔をあげ、息をついた。

「同居してたこともあって、わたし、わりとおばあちゃんっ子だったんですよね。母と祖母も仲が良かったし、いつも三人で本の話をしてました。祖母は書道が得意で、ほんとは学校の書道の先生か、書道教室の先生になりたいと思ってたみたいなんです。でも、当時は女性は結婚して家にはいるものだったから大学にも行けなくて」

飯田の家で、多津子伯母《たつこおば》さんから聞いた話を思い出した。多津子伯母さんは、母たちの兄である寛也《ひろや》伯父さんの妻、つまりわたしからすると義理の伯母である。母や叔母はてるばあちゃんのがんばりのおかげで東京の大学に進むことができたが、多津子伯母さんは大学に行かせてもらえなかった、と言っていた。

母の世代でも、まだまだ行きたくても大学に行けない女性は多かった。祖母の世代となれば、大学に行ける人はかなりめずらしかっただろう。

「でも祖母は、育児が終わってから通信教育でかな書道を習いはじめました。わたしを書道教室に入れたのも祖母なんです。家でもいろいろ教えてくれました。墨の磨り方や筆の手入れ、お正月にはふたりで書き初めもして」

「お母さんの作った短歌を色紙に書いたりしてたんでしょう? 石井さんから莉子が聞いて、そう言ってた」

「そうなんです。もちろんふたりとも趣味の領域ではあるんですけど。でも、通信教育が主催するコンクールで賞をもらったこともあったんですよ。大きな美術館に展示されて、祖母と母と三人で見に行ったんです。三人で着物を着て……」

「素敵だね」

「母の短歌もよく色紙や短冊に書いてました。母は短歌関係の友人にうらやましいって言われてたみたいです。わたしもそれに憧《あこが》れて、高校にはいってからかな書道も習いはじめたんです。まだまだ祖母ほどは書けないですけどね」

松下さんはまたうつむく。

「祖母が自分が知っている祖母でなくなっていくようで、見ているのが苦しかった。それでも会いに行くのが楽しみだったんです」

「それができなくなってしまったんだね」

　わたしが言うと、松下さんがこっくりとうなずいた。

「もちろん、わたしたちがウイルスを持っているかもしれないし、会いに行くのが祖母にとって危険なことだというのはわかってます。施設内でクラスターが出てしまったりしたらたいへんなことですし。だから会えないことも納得はしてるつもりです。でも、施設はこのすぐ近くなんです。家から歩いて十分くらい。すぐ近くにいるのになんで会えないんだろう、って」

　松下さんは散歩と言っていたが、お祖母さまのはいっている施設がこの近くにあるのかもしれないな、と思った。

「父の言うこともわかります。わたしがくよくよしてたって、祖母が喜ぶわけじゃないですからね。それに、この前のミーティングで話したことがすごく心に残ってて」

「ミーティングで話したこと？」

「いつだって世界は少しずつ変化してる、って。祖母のことも同じだと思いました。祖母も少しずつ変化していて、それはわたしにとってはすごくさびしいことだけど、受け入れなくちゃいけないんです。状況が変われば、前にできたことができなくなることもある。けど、しがみついてもしょうがないから」

　松下さんはそこで言葉を止めた。

「でも、心が受け止められるようになるまでじっとしてたっていいと思うよ」

わたしがそう言うと、松下さんはわたしをじっと見た。

「悲しみを外に出さずに動ける人もいるけど、動ける人は逃げてるだけなのかもしれない。ちゃんと悲しみに向き合える人の方が強いのかもしれない」

「そうでしょうか？」

「人はなるようにしかならないし、できることしかできない。そんな気がするんだよね。みんな、自分にできることをするしかないんだと思う。こうしなくちゃいけない、とか、こっちの方が優れてる、とかじゃなくて」

莉子や石井さんみたいに力強い言葉はかけられないけど、それがわたしの本心だった。

「そうですね。たしかに」

松下さんが笑った。マスクで口元は見えないけれど、笑っているのがわかった。松下さんの笑顔が見られたのがうれしくて、わたしも笑った。

「あのさ、松下さん」

そのとき、ふと思いついて言った。

「お祖母《ばあ》さまの病気のこと、わたしはよくわからないんだけど、松下さんの書いた色紙を送ってみたらどうかな。和歌を書いた色紙を」

「色紙ですか？　でも、祖母はもう文字はほとんど読めないみたいなんです。文字を文字として認識できない、というか……」

「それでいらいらしちゃうようなら良くないかもしれないけど」

「いえ、わからなくていらだつ時期もありましたが、いまはもうそういうことはないみたいです。ただ、見ても意味は……」

「意味がわからなくても、伝わることはあるかもよ。墨の匂いとか、紙の感触とか」

そう言うと、松下さんははっと目を見開いた。

「墨の匂い……。そうですね、そしたら、祖母の好きだった和歌を書いてみようかな」

「お祖母さまの好きだった和歌……？　古典？」

「はい。和泉式部です」

「ほんと？　わたしの母も、卒論は『和泉式部日記』だったって言ってた」

卒論の話をしたとき、『源氏《げんじ》物語』や『枕草子《まくらのそうし》』の方が人気は高かったけれど、和泉式部という人間に惹《ひ》かれ、『和泉式部日記』は恋愛が中心の物語だが、そこで交わされる歌にこめられた情がとても素晴らしく、胸に迫ってくるのだ、と言っていた。

「そうなんですか？　偶然ですね。でも、和泉式部を好き、という人は多いですからね。わたしのゼミでも、卒論を和泉式部で書きたいって言ってる先輩がいます」

そういえば松下さんも中古文学ゼミにはいったんだっけ、と思い出した。

「『あらざらむこの世の外《ほか》の思ひ出に今ひとたびの逢《あ》ふこともがな』が百人一首にはいってたよね。わかりやすいけど強烈で。すごい歌だなあ、って思った」

和歌にそれほどくわしいわけではないけれど、百人一首だけは母に教わって中学生のときに覚えた。言葉の響きがおもしろかったり、情景がきれいだなと思ったり、いままでも覚えているものもいくつかあるが、この歌はとくに印象に残っていた。

「強い気持ちのこもった歌が多いんですよね。恋の歌が有名ですけど、子どもを思う歌もすごいなあ、と思いました。『とどめおきて誰《たれ》をあはれと思ふらむ子はまさるらむ子はまさりけり』とか」

とどめおきて……？　聞いたことがあるような気がしたが、なんの歌だったか思い出せない。でもここで松下さんに聞くと話が切れちゃいそうだし、あとで母に訊《き》こう。

「お祖母さまが好きだったのはどの歌なの？」

「ええ、好きというか、賞をいただいた色紙が和泉式部の和歌を書いたものだったんです。『物思へば沢の蛍も我が身よりあくがれ出《い》づるたまかとぞ見る』っていう歌で……」

これも授業で習った気がするけど、思い出せない。

「あのときの祖母ほどうまく書けないかもしれないけど、書いてみます。意味はわからなくても、わたしの代わりに祖母のそばに置いてもらえたら……」

そう言って、空を見あげた。

「ありがとうございます、吉野先輩」

松下さんが頭をさげる。

「いや、そんな、いまのは単なる思いつきで……」

胸の前で両手をぶんぶん振った。

「いえ、そのことだけじゃなくて、話を聞いてくれたこと全部……。だれかに話したかったんですね、きっと。オンラインだと話し出せなくて」

「ちょっとわかる。オンラインだとなんか用事があるときしか話せない感じ、あるよね。石井さんたちは慣れてるのかもしれないけど。わたしが旧世代の人間だからかな」

「わたしも旧世代の人間なのかもですね」

松下さんの言葉に、ふたりで笑った。


しばらく雑談したあと、母に電話した。母も叔母《おば》も公園の中をぐるっと一周まわっていたようで、しばらく経って中央広場に戻ってきた。松下さんと別れ、家に戻る道すがら、母に和泉式部の歌について訊いてみた。

「ねえ、お母さん、和泉式部の和歌で『とどめおきて』ではじまる歌があるよね？」

「ああ、『とどめおきて誰をあはれと思ふらむ子はまさるらむ子はまさりけり』ね。小《こ》式部内侍《しきぶのないし》が亡くなったときの歌よね」

母がさらっと言った。

「小式部内侍ってだれだっけ？」

叔母が訊く。

「小式部内侍も歌人だよね？　百人一首にはいってた」

「うん、和泉式部の娘だよ。小式部内侍は子どもを産んだときに亡くなったのね。『とどめおきて』の歌は、そのとき詠んだもの。亡くなった娘はいまだれを思っているのか、きっと自分の子どものことだろう。わたしにとっても子どもであるあなたがいちばん大事だから、っていう意味の歌」

「母は亡くなった娘を思って嘆いている。でも亡くなった娘は母じゃなくて自分の子のことを思っているだろう、ってことか。なんかすごい迫力があるね。わたしは子どもがいないから母の思いを実感できてないかもしれないけど、強さはわかる」

叔母が言った。

「そうなんだよね。和泉式部の歌には、いまでも伝わってくる普遍性がある。子どもを思う歌は学生時代はあまりぴんとこなかったけど、百花が生まれたあと読み返したら、胸に迫ってきた。すぐ近くにその人がいて、直接思いをぶつけられたような衝撃があって……」

母が答えた。

「わかる！　わたしも百人一首にはいってる『あらざらむこの世の外の思ひ出に今ひとたびの逢ふこともがな』の意味をお母さんから教わったとき、なんかびっくりしちゃったもん。古典なのに、すごくわかりやすい気がして」

「わたしはもう死ぬけれど、この世の思い出にもう一度あなたに会いたいです、ってことだよね。老いて死ぬ間際の歌という話だけど、いまあらためて考えるとすごいなあ。和泉式部は恋多き女って言うけど、恋の深さがちがうっていうか」

もうすっかり暗くなり、星が出はじめていた。

「あと、ええと、蛍が出てくる歌があるでしょう？　沢の蛍がなんとか、っていう……」

わたしは訊いた。松下さんのお祖母さまが好きだと言っていた歌だ。

「ああ、『物思へば沢の蛍も我が身よりあくがれ出づるたまかとぞ見る』？」

母が即座に答えた。

「そう、それ！　それはどういう意味？」

「これはね、わたしもすごく好きな歌。まあ、これも読んで字のごとくなんだけど、物思い、って言うのは恋のことね。相手のことを思ってる、ってこと。物思いをしていると、沢の蛍の光が自分の身体からさまよい出た魂ではないかと見えた、ってこと」

「蛍が自分の身体からさまよい出た魂！　すごい、かっこいい！」

叔母が目を丸くする。

「当時は、深く悩んでいると、魂が身体から離れていく、って思われていたらしいのね。『源氏物語』でも生き霊が出てきたりするでしょう？」

母が答えた。

「ええ〜、でも、まず沢に飛んでいる蛍の光が見えて、それが自分の魂だと思った、ってことでしょう？　すごい想像力だよねえ」

叔母が感嘆したように言う。

「物思いしすぎて魂が抜けてしまった、あそこに見えるあれは自分の魂かも、ってことだもんね。当時は身体から魂が抜けたら死ぬって思われてたわけだし、死ぬほどの思い、ってことなんだと思う」

母の答えを聞きながら、そのころの人たちは、魂は実在するもので、身体と同じくらい確かなものだと感じていたんだな、と思った。科学が発達したいまは、魂なんて存在しないし、感情も脳の働きにすぎない、と考えている人が大半だと思うけれど。

だけど、いまこうやって和泉式部の話を聞いていると、和泉式部の魂が歌のなかに封じこめられていて、それを読んだり唱えたりするたびに、その存在が立ちあがり、胸に迫ってくるようにも思える。まるで和泉式部がすぐ近くで歌を詠んでいるみたいに。それが魂というものだったとしても、別におかしくない気がした。

「でも、なんで和泉式部の歌のことを?」

母が訊いてくる。

「さっき松下さんと話したんだ。松下さんは中古文学ゼミで……」

「たしか、書道が得意で、子どものころから短歌を作ってた、っていう学生さんよね」

「そうそう。お母さまの影響なんだって。お母さまも短歌を作る人らしくて。書道を習い始めたのはお祖母《ばあ》さまの希望だったみたいで」

「へええ、親子三代で通じ合ってるなんて素敵」

叔母が言った。

「父方のお祖母さまだから、お母さまとは義理の親子みたいだけど」

「それで仲良いのか。ますます素敵だね」

叔母が微笑む。

「それで、お祖母さまの好きな歌を色紙に書いてみたら、って話になったの。むかし書道のコンクールで賞を取ったときに書いたのが和泉式部の蛍の歌だったらしくて、松下さん、それを自分で書いて、お祖母さまに送ってみる、って」

自分の代わりに祖母のそばに置いてもらえれば、と松下さんは言っていた。文字に魂がこもるなら、ほんとうに松下さんの代わりになるのかもしれない、と思った。

7

数日後、松下さんからメッセージが来た。

あのあと、蛍の歌を色紙に書いて、施設に届けたらしい。翌日介護士から連絡があり、驚くような出来事があった、と書かれていた。

驚くような出来事ってなんだろう。あわてて松下さんに電話するとすぐにつながって、吉野先輩のおかげです、という声が聞こえてきた。

——介護士さんの話だと、祖母はしばらく色紙をじっと見てから、床に正座して、なにかを手に持つような仕草をしたんだそうです。

——えっ？

どんなことはいいんですけど――祖母が床に座ったので、介護士さんはあわてて立たせようとしたみたいなんですけど、祖母が一心に手を動かしていて、その仕草が、その……すごくきれいに見えて、思わず見入ってしまったそうで……。これはすごく大切なことかもしれない、と思って、持っていたスマホで祖母の姿をビデオ撮影してくれたんです。

――ビデオ撮影……。

――はい。介護士さんは祖母が書道を習っていたことなんて知りませんでしたから、最初はなにをしているんだかわからなかったそうです。でも見ているうちに、これは書道かもしれない、と思ったらしくて。それで、そのビデオをうちに送ってくれたんです。ほんの数十秒のものでしたけど……。

松下さんはそこまで言って、言葉を止めた。

――母もわたしも、その映像を見て、すごく驚きました。その姿は、むかしの祖母そのものだったんです。祖母が書道をしている映像なんて撮ったことがありませんから、映像で見るのははじめてで、ふたりで何度もくりかえして見ました。すごくきれいで、なめらかで、ああ、こんなだったなあ、って、涙が出て……。

松下さんの声が揺れる。

――介護士さんに、祖母がずっと書道を習っていたことを伝えたら、そうですか、って言ってました。その仕草をしたのはそのとき一度きりだったみたいですけど、わたしの色紙は枕元に飾ってくれているみたいです。

——よかったね。

胸が詰まって、ようやくそう答えた。

——祖母がもとに戻ることはもうないんだ、ってわかってるんです。でも、いまでも祖母は祖母だし、むかしのことも身体のなかのどこかに残ってるんだな、って思いました。むかしと変わってしまうのが悲しいと思うのはわたしたちの問題で、父が言っていたのもそういうことだったのかな、って。

松下さんが大きく息をつくのがわかった。

——ありがとうございます。さびしいのは変わりませんけど、わたしもがんばります。

——うん、そうだね。こんな状況だけど、いっしょにがんばろう。

そう答えた。


木曜日の夜、小冊子研究会のミーティングが開かれた。今回は松下さんの顔も映っている。元気そうでほっとした。

そういえば、莉子や石井さんに松下さんと公園で偶然会って話したことを伝えていなかったな。みんな心配してたし、話しておけばよかった。

いまからふたりにチャットで伝えようかとも思ったけれど、話し合いがはじまりそうだったので、あとにすることにした。

——じゃあ、早速雑誌の特集の件にいきましょうか。とりあえず、ひとりずつ考えてきた案を言ってみてください。じゃあ、乾くんから。

石井さんが言った。

――いろいろ考えてはみたんですが……。近場で人と接触せずに楽しめるところを探したり……。でも現状を考えるとどうもしっくりこなくて、結局、リアルな場所じゃなくて、フィクションの世界を特集するしかないかな、という結論になった。

――フィクション？

石井さんが訊《き》く。

――小説とか映画とかマンガとか。ただ、単なるレビュー集だとおもしろみがないので、小説に登場する架空の土地のガイドマップ、みたいなのはどうかな、と。

――架空の土地のガイドマップ！　楽しそうですね。

鈴原さんが言った。

――なるほど。たしかにそれができたら楽しそうですけど、マップをだれが書くのか問題がありますね。イラストマップって、ふつうのイラストとはちがうむずかしさがありますから。イラストを描くのは二宮さんかわたしってことになりそうですけど……。

――そうですね、どこになにがあるか、下書きまでは作ってもらわないときびしいかもです。あと、イラストマップってことになると、建物とかの形もある程度描かないといけないですよね。そのあたりの資料も必要ですし。

二宮さんが言った。

——かなり作りこみが必要なので、書きはじめる時期にもよりますけど、ひとり三、四枚が限界かな、と。二宮さんとわたしのふたりでマックス八枚ってことです。

——八作品あったらじゅうぶんな気もしますけど。でも、マップのほかにも、道具とかインテリアとか服とか、設定がいろいろ描かれてる方がいいですよね。

鈴原さんが言った。

——え、無理無理、マップ描くんだったらそれだけで手一杯で、ほかの絵までは描けないよ。密度が落ちちゃう。

石井さんがあわてて言う。

——そうか、そうですよね。そしたら、マップを見開きで書いて、あとは用語集みたいな形にするとかでしょうか。

天野さんが言った。

——にしてもかなり大変そうですねえ。石井先輩と二宮さんの負担が……。

鈴原さんが言った。

——地図を書くというのはなかなか難易度が高いので、別のものでもいいと思うけど。創作物に登場する架空のなにかのガイドであれば。

乾くんが言った。

——よく、創作物に出てくる架空の料理のレシピ本とかもありますよね？　実際に作り方が書いてあって、できあがりの写真も載ってる、みたいな。

中条さんが提案する。

――あ、あるよね！　ぐりとぐらのカステラとか、ラピュタのパンとか。

――文学作品に出てくる料理でもいいですよね。

鈴原さんと米倉さんが言った。

――でも、だれかがレシピを考えて、料理もしなくちゃいけないってことですよね？　だれがするんですか？

二宮さんが突っこむ。

――だれ、って……。ええと、すみません、わたしはあんまり料理とかできなくて。

中条さんが申し訳なさそうに言った。

――わたしもちょっと無理かもです。日常的な料理くらいならできますけど、見栄えにはまったく自信が……。食器もふつうのしかないですし。

鈴原さんも及び腰である。

――もちろん、わたしもできませんよ。というか、わたしはうちで料理を禁じられてますから。

石井さんが言った。

――禁じられてる？　どうして？

――なんか、評判が悪いんです。工夫しすぎるのがいけないのかもしれませんね。親やきょうだいからも、お前の作ったものは食べられない、と。

石井さんがきっぱりと言った。食べられない……。いったいどんなものを作っているのか。でも石井さんのことだからありそうな話ではある。

——だれも作れないんじゃ、話にならないですね。

中条さんがため息をつく。

——やっぱりおもしろそうな企画っていうのは、それなりに手間がかかるってことなんじゃない？　もう少し身の丈に合ったものにしないと……。

莉子が口を挟む。

——それに、畑がちがうっていうか……。料理研究会が出したレシピ本、地理研究会が作ったマップとかだったら、有用性も高そうだし、みんな飛びつくと思うんですが。

稲川くんがいつもながら的確な指摘をする。

——それはそうかもしれないな。

乾くんがぐっと黙った。

——じゃあ、次は二年生。じゃあ、五十音順に稲川くんから。

——僕もいろいろ考えてはみたんですが……。あんまりいいものが思いつかなくて。とりあえず、前回、いまのこの状況に合わせたものがいいんじゃないか、っていう話があったじゃないですか。それで、オンラインツールガイドはどうかな、って。

——オンラインツールガイド？

——いま、授業やサークル活動でも、みんなオンラインツールを使ってますよね。でも、だれもすべてのツールを知ってるわけじゃない。あっちではこれを使って、こっちではこれ、って感じでまちまちで、こっちで使ってるこれはここでも使えるんじゃないかって思うときもあるし、こういうツールがあったらもっと便利なのに、ってこともある。そういうのをまとめてみたらどうだろうって。

稲川くんが言った。

——たしかに。パソコンとかネットとか苦手な人からしたら、初歩的なテクニックがわかりやすく解説されてたらうれしいかも。

鈴原さんがうなずく。

——実用性に振ったってことか。けど、それってわざわざ雑誌買うかな？ ググればたいていのことはわかるんじゃない？

乾くんが言った。

——そこなんですよ。僕もそこが気になって。それにさっき自分が指摘したことでもありますけど、そういうのってやっぱり、専門家が書いたものの方がいいかと。

稲川くんが口ごもる。

——そうだねえ。わたしたちは小冊子研究会ですし。なんで小冊子研究会がオンラインツール？ ってなりますよねえ。

鈴原さんがぼやいた。

——そうなってくると、最初のころに出た各地のリトルプレスガイド、とかになっちゃいますよね。そこならわたしたちの専門、って感じがしますし。みんなそれなりにいろいろ集めてるし。

中条さんが言う。

——でも、それって、ほかの人は興味持ちますかね？

根本くんが首をひねる。

——ですよねえ。

二宮さんがぼやく。

——あー、むずかしい。考えれば考えるほど、なんも思いつかない。

根本くんが頭を掻《か》くのが見えた。

鈴原さん、中条さん、二宮さんもいい案が思いつかなかったと言う。

——外に行くのがむずかしい状況だから、具体的な土地を取りあげても虚《むな》しいだけだし。やっぱ創作物の方向にいくしかないんじゃないですか？

根本くんが言った。

——創作物の方向って？

——さっき乾先輩が言ってたような、既存の作品の二次創作的な内容か、自分たちの創作をまとめるか、ですね。けどたしかに、架空の土地のガイドみたいなものは難易度が高いし……。

——でも、自分たちの創作でまとめるんじゃ、文芸部と変わらないでしょ？　できれば避けたいです。

石井さんが言い切った。

――そうですよね、書き手はけっこういるんだから、ちょっともったいない気もしますけど……。あ、でも……。

根本くんがなにか思いついたような顔になる。

――わかりました！　架空世界もので、うちの専門性と部員の特技を活《い》かせる方法を思いつきましたよ！

根本くんの大きな目がぎらぎら光った。

――え、なに？

石井さんがちょっと引き気味に言った。

――架空の雑誌を作るんですよ。

――は？　架空の雑誌？

石井さんがきょとんとした顔になる。

――これまで話してきたことを総合してですね、つまり「なにか創作物の世界で販売されている雑誌」という体《てい》で、雑誌を作るんですよ。雑誌のなかには、石井先輩のゆるキャラもいて、乾先輩の超短編ミステリもあって、松下先輩の短歌もあって、中条さんの写真や二宮さんのイラストも載っている。でも、それはいまのこの東京じゃなくて、ある創作物の世界で発行されている雑誌、っていう設定にするんです。これなら雑誌だから、うちが作る意味があるでしょう？

――なるほど、たしかに。

石井さんが、ほう、という顔になった。

――現代の日本じゃなくて、架空の世界で発行されたものにすれば、その世界らしいデザインにしたりもできますし。おもしろそう。

――それっぽい広告を入れたりもできそうですね。その創作物の登場人物を関係させたりして……。

――作品はなにがいいでしょう。やっぱりみんなが知ってる有名な作品がいいですよね。

――けど、リアルな作品じゃない方がいい気がする。それだと単なるその時代の話ってことになっちゃうから。ファンタジー的な世界の方がいいんじゃないかな。ハリー・ポッターのテーマパークみたいな？

二年生があれこれ作品の名前をあげる。

――たしかにおもしろそうではあるんですけど、売れますかね？　作ってる方は楽しいけど、それって結局二次創作じゃないですか？

しばらくして、石井さんが言った。

――ですよねえ。話題作を扱えば売り上げが見こめるかもですけど、有名な作品は固定ファンがいますしね。そういうのに強いイベントならともかく、大学祭で販売するのはちょっと唐突すぎるような。なんでいまここでこれなんだ、っていう……。

二宮さんが腕組みする。

――あと、マップと同じで、結局かなり作りこまないとおもしろいものにならないよね。部員の負担を均等にすることはできるかもしれないけど。

乾くんも首をひねる。

――そうですねえ。作ってる側だけが楽しいっていうのは自己満足かも……。

根本くんがため息をついた。

――ふりだしに戻っちゃった感じだね。

しばらく沈黙が続いたあと、莉子が言った。

――なんというか、こういうときって、これが自分たちの専門、って言えるものがないときびしいのかもしれませんね。雑誌って、よくも悪くも「浅く、広く」で。そういう節操なく浮ついている感じのものって、こういう状況のときは立ち行かなくなっちゃう、ってことなのかも……。

石井さんがぼやいた。

――あの……。

声がして画面を見ると、松下さんだった。みんな少し驚いたような顔になる。

――すみません、これまであまり発言してなくて。これまで話してきたのとは全然ちがう方向になっちゃうんだけど、いいかな？

松下さんが言った。

な顔になった。

――もちろん。

石井さんは相当心配していたのだろう。松下さんが発言したことに、ほっとしたよう
――ここまでの案は創作物の世界を雑誌にするものがメインだったけど、それとは逆で……。みんなの日常を募集する、っていうものなんだけど……。

――みんなの日常？

石井さんが首をかしげた。

――みんなの話し合いを聞きながら、思っていたことがあって。石井さんは、これまでとはちがう発想で雑誌を作らなくちゃいけない、って言ってたけど、もしかしたら、内容だけの問題じゃないのかも、って。本当に考えなくちゃいけないのは宣伝方法っていうか、読者とのつながり方っていうか……。

――どういう意味？

乾くんが身を乗り出す。

――これまで雑誌には、わたしたちが取材したことを載せてたでしょ？　つまり、こっちが発信源。読者はそれを受け取るだけ。だけど、今回はそれじゃダメな気がする。

松下さんの言いたいことが少しわかってきた気がした。

――つまり、これまではわたしたちだけで考え、取材したものを形にしてきたけど、今度はみんなの声を聞く、ってこと？

そう訊《き》いてみた。

——そうです。いまは人と話したり集まったりすることがあまりできないじゃないですか。もちろん、オンラインツールや電話やメッセージもあるけど、大勢の人とただなんとなくしゃべる、みたいなことはなかなかむずかしい。ふつうの飲み会なら、みんな勝手に話すでしょう？　あっちではこの話題、こっちでは別の話題、って感じで。それがときどき交差したりして。

——たしかに、オンラインだとどうしてもひとりずつしかしゃべれないですよね。

稲川くんが言った。

——おたがいの顔色も読み取りにくいですし。どうでもいい発言をしにくい気がします。

鈴原さんが言った。

——そうなんです。けど、その場にとって「どうでもいい」話でも、その人にとっては大事なことっていうのもあると思うんです。それに、その「どうでもいい」部分の方が記憶に残ってたりすることってありませんか？

——ありますねえ。くだらないやりとりほど記憶に残る。

石井さんが笑うと、みんなも、あるある、と言って笑った。

——「どうでもいいこと」の方がどうでも良くなかったりするんだと思うんです。いまは「不要不急」は避けろ、って言われて、外出のことだけじゃなくて、みんなどんどん、どうでもいい感情を置き去りにして、だれにも話せなくなっている気がします。どれも

「不要不急」のものだから「あとでもいいや」って思う。でも、心のなかにはそれが積もり積もっちゃって……。

——わかります。ただなんでもない話をしたいですよね。

中条さんが言った。

——人間にはそういう「猿の毛繕い」的な時間が必要なのかもしれないですね。

石井さんが深くうなずいた。

——身体的に近くにいることもすごく大事で、オンラインでどうにかなることじゃないのかもしれない。でも、どうでもいいことを気軽に話せる場があれば、少しは気持ちが解放されるかもしれない。みんな、そういう場を求めてるんじゃないかと。

——SNSはその場の反応ばかり重視してしまいますからね。

中条さんが言った。

——みんな、役に立つことや気が利いたことを言わないと、って必死な感じもしますし、そうでなければ共通の敵を見つけて叩《たた》く、みたいなことになりがちですよね。それもきっと人とつながりたいからなんでしょうけど。

二宮さんが言った。

——だから今回は、わたしたちが発信するんじゃなくて、わたしたちが受け皿になって、みんなの声を集める。おたがいの身のまわりのどうでもいい話を共有することで、なんかちょっとほっとできる、そういう場を作ってみたらどうか、って。

――いいですね。僕、それ、とてもいいと思います。

――「どうでもいい話」ってとこが、とくに好きです。

稲川くんと根本くんが真顔で言った。

――わたしたちが受け皿になる。それはちょっと思いつかなかったですね。でも、いいと思いました。それに「どうでもいい話」っていうのが、雑誌らしいじゃないですか。こういうとき文学だと、真面目な方に向かっちゃうでしょう。それはだれにでも書けるものじゃない。けど、日常についてだったら、文学者じゃなくても書けますし。

石井さんはこういうときでも文学との対比を忘れない。

――いまはどうでもいい話をしにくい状況だからね。「どうでもいい話を集めますよ」と謳《うた》うことで「そういう話をしていいんだ」という雰囲気は作れるんじゃないかな。

莉子もうなずいた。

――いいと思う。文章でもいいし、写真でもいい、ほんとに日常的な軽いネタから、少し重いものまでなんでもOKってことにすれば多様性も出る。リアルタイムで見られた方がいいから、SNSを使った方がいいのかな。ハッシュタグを使うとか……。

乾くんが提案する。

――でも、アカウントを持ってない人もいますし、いつものアカウントとは分けたい人もいるんじゃないでしょうか。

鈴原さんが返した。

——そうですね。どのＳＮＳを使うかも意見がわかれるところだと思いますし、それだったら小冊子研究会でブログを作って、送ってもらったものを一週間分まとめて掲載とかの方が安心かもしれません。それで、最後に一冊の雑誌にまとめる。自分の書いたものが載っていれば、記念に買ってくれる人もいるかもしれませんし。

石井さんがまとめた。

そのあとみんなで、企画の概要を決めた。企画のタイトルは「わたしたちの日常」とした。キャッチコピーは「不要不急だけど話したい、わたしたちの日常、集めます！」。小冊子研究会のサイトのなかに投稿フォームを設置。分量を無制限にするとたいへんなことになってしまうかもしれないから、上限文字数を四百字に設定。

ウィルスや外出自粛などについては直接触れない。だれかを非難したり、不確かな情報を流したりしない。そういうルールで、自分たちの日常を綴《つづ》る。

写真やイラストもＯＫで、小冊子研究会と部員たちのＳＮＳなどで告知し、学内、学外を問わず原稿を受けつける。集まった作品は一週間ごとにまとめ、サイト内のブログに掲示し、最後に一冊の雑誌にする。

投稿掲載ページのタイトルロゴとイラストは石井さんが作成。投稿規程をまとめるのは松下さん。フォームの作成は乾くん、ブログにアップするのも乾くんの仕事だが、投稿には必ず返信をつけることとし、この返信を部員全員で分担することにした。

企画がまとまったあとは、しばらく雑談した。松下さんもいつも通り、石井さんたちにくらべれば口数は少ないが、ちゃんとみんなに混ざって話している。これまでのことはとくに話していないし、みんなも訊かずにいる。

莉子や石井さんにはわたしから話そうかとも思ったが、いつか松下さんが自分の言葉で話すだろう。そのときまで待った方がいい。そう思ってなにも言わずにおいた。

8

一週間後、ロゴとイラスト、投稿規程の文章や投稿フォームもできあがり、募集がはじまった。最初はサクラとして、一、二年の部員が投稿。

稲川くんは銭湯が好きなようで、あちらこちらの銭湯の思い出、鈴原さんは「超簡単ごはん」として料理のレシピと写真、中条さんは公園の遊具の写真、二宮さんは日常系四コママンガ、根本くんは夢日記、天野さんは活版印刷の豆知識、米倉さんは家で見ている映画の感想だった。

どれもなかなか個性的で、根本くんが言っていたように、公開しないのは惜しいものばかりだった。石井さんは、自分たちの作品集にはしたくない、と言っていたが、どれも雑誌記事らしい軽さがあって、読んでいて疲れない。

稲川くんは上京してきたころ、東京近郊の銭湯をめぐり歩いたことがあったらしい。

町の銭湯にはスーパー銭湯にはない味わいがあるんですよ、と言っていた。

経営者が高齢になり、継承する人がいない銭湯も多いらしく、稲川くんも一時期銭湯でバイトしていたことがあったが、そこも結局去年閉じてしまった。そのあたりの思い出もいつか書いてみたい、と言っていた。

鈴原さんの超簡単ごはんは、この前のミーティングで料理の話が出たところから思いついたものらしく、自分が下宿で作っている超簡単なレシピを紹介している。たとえばズッキーニを縦に半分に切って塩胡椒《しおこしょう》してフライパンで焼くだけの「ズッキーニの丸ごと焼き」。できるだけ包丁を使う回数も少なめ。野菜さえあればだれでもできるものばかりだが、実際に作ってみたらおいしかった、とみんなにも評判だった。

中条さんはうちと同じように、コロナ禍にはいってから、夕方近所を散歩するようになり、夕暮れどきの児童公園の古い遊具の写真を撮りためていたらしく、それに短い文章をつけていた。

最近は遊具も規格品が多く、むかしながらのブランコやシーソーはめずらしくなっているのだそうだ。中条さんの写真に写った古いタコ型遊具や、動物の形の乗り物などは手作りっぽい味わいがあり、実物を見てみたい気持ちになった。

二宮さんの日常系四コママンガは「オンラインあるある」をまとめたもの。おもに大学のオンライン授業のネタだが、だれでも一度は体験したことがあるあれこれが詰まっていて、笑えたり、身につまされたり。

しかも、いまさら聞けない基礎的な疑問に対するちょっとした豆知識がさりげなくおまけについていて、実用性もある。これまではキャラの濃い石井さんの陰に隠れてしまいがちだったが、二宮さんには独特のほんわかしたユーモアがあることもわかった。

根本くんは夢日記。他人の夢の話はつまらない、という人もいるが、根本くんの夢はファンタジー的な世界だったり、起伏に富んだストーリーだったり、不条理だったり、どうしたらこんな夢が見られるのだろう、という不思議な世界だった。

乾くんは、根本は根っからの詩人だな、とからかい半分に言っていたが、根本くんは、そうなんですよ、いまごろ気づきましたか、とまったく動じない。

天野さんの活版印刷の豆知識は写真入りでわかりやすかった。わたしも仕事で何度か三日月堂に行ったことがあるけれど、道具の使い方など細かいことはなにも知らない。天野さんの文章ではじめて知ったことも多かった。

米倉さんの映画メモは、コロナ禍にはいってからネット配信で見ている映画の感想が綴られている。封切り当時単館上映だったマイナーな作品が多く、小冊子研究会では、乾くんと根本くんくらいしか見たことのないものが多かった。

乾くんは、映画のセレクトにセンスを感じますね、文章にも切れ味がある、とベタ褒めで、米倉さんは、外に出られないから、家で映画ばかり見てます、と笑っていた。

三年生はといえば石井さんはロゴとイラストで疲れきっており、乾くんも毎週のブログの更新のほか、自分のサイトの活動もあるので、なかなか投稿できずにいるが、松下さんは自分で作った短歌をぽつぽつ発表している。

莉子とわたしも投稿した。莉子は部屋で育てはじめたというオクラの観察日記。これまでの莉子とはちがう生活感が出ていておもしろい。わたしはすごく迷ったけれど、これまで作ってボツになった紙雑貨の写真をアップすることにした。

卒業生の先輩たちからも投稿があった。森沢先輩は都内の散歩日記で、毎日のコースと歩数などが細かく記載されている。散歩といっても、わたしたちのような近所の散歩ではなく立派なウォーキングで、かなりの距離を歩いていることがわかった。

西園先輩はもちろん地域猫の写真である。そしてもちろん猫の姿はぼんやりとしか写っていない。あいかわらずの不思議な味わいの文章がついていて、西園先輩推しの鈴原さんは、これで生きられます！　と大喜びだった。

部員の告知のおかげか、学内の人たちからも少しずつ投稿が集まるようになった。笹山ゼミの新井さん、池本くん、小泉さんからも投稿があった。みんな卒論がらみだけど、ゼミでは言わない本音が書かれていて、苦労しているのが伝わってくる。

莉子と乾くんは、うちのゼミの連中はみんなプライドが高いからこういうのはやらないかも、と言っていたが、立花ゼミの面々も何人か書いてくれていた。どういう経路で話が伝わったのか、一、二年の語学の授業でいっしょだった数人も、いくつか投稿してくれていたし、全然知らない学生の話も読むことができた。

学内にかぎらず、としたので、遠くの知り合いからも投稿があった。飯田にいるいとこの遥香《はるか》ちゃんからは飯田の風景、てるばあちゃんからは水引の作品の写真。なんと、薫子さんからも投稿があって、むかしの紙漉《かみす》きの思い出が書かれていた。

どれも何気ない話だったけれど、何気ない話だからこそ、これまで知らなかったその人の姿が見え、読んでいるとその人と距離が縮まったような気がした。


――これ、なかなかいい企画でしたよね。

夏休み前の最後のミーティングで、石井さんが言った。

――サークル外の友だちからも、読むの楽しみにしてる、ってよく言われるんです。

鈴原さんもうれしそうな顔である。

――何気ない、どうでもいいような話、っていうのが良かったと思います。

――だれでも気軽に参加できそうな感じがしますしね。

ほかの二年生が口々に言った。

結局、リアルには一度も会えないまま、前期が終わろうとしている。

でも「わたしたちの日常」のおかげで、おたがいのこれまで知らなかった部分を知ることもできて、前より距離が近づいたように思えたりもする。

リアルにはかなわないけど。でも、これがわたしたちのいまの日常だ。

――前期の課題やテストも終わりましたしね。これからはわたしも参入しますよ。

石井さんが言うと、二宮さんや鈴原さんが口々に、どんな内容なんですか、と訊《き》いた。

——いまのところ「ゆるキャラ作成裏話」にしようかな、と思ってるんですけど……。

——うわあ、楽しみです！

二宮さんが手を叩《たた》く。

——乾くんもそろそろなにか書いてくださいよ。短いのは得意じゃないですか。

——そうだなあ、でも、超短編ミステリは自分のサイトで公開するって決めてるし。石井さんに倣って「超短編ミステリ執筆裏話」にするか……。でも、ネタバレになっちゃいそうだしなあ。

乾くんが考えこむ。

——あ、じゃあ、あれは？　乾くんが一年のとき、乾くんのお祖父《じい》さんの家の蔵から出てきた古い時刻表で栞《しおり》作ったじゃない？

莉子が言った。

——蔵？

——古い時刻表？

天野さんと稲川くんがどよめく。

——ああ、一、二年は知らないよね。乾くんのお祖父さんちは旧家で、蔵があってね。それを取り壊すことになったんだよ。お祖父さんが鉄道マニアで、古い時刻表がたくさん残ってて、その時刻表を使って大学祭で配る栞を作ったんだ。

——旧家の蔵に古い時刻表……？　めっちゃかっこいいっすね！

根本くんが言った。

――でも、あの時刻表は全部処分しちゃったんだっけ？

莉子がふたたび訊く。乾くんのお祖父さんはもう亡くなっているのだが、生前に保存状態の良いものは鉄道マニアの仲間に分けてしまっていて、そのとき蔵に残っていたのは、切り抜かれたページがあったり、ばらばらになっていたりしたものばかりだった。それで処分するところだったのを引き取って、蠟引《ろうび》きの栞にしたのだ。

――あのとき残っていた時刻表はもうすべて処分してしまったんだけど……。ただ、ほかにも鉄道関係の古い品物が残っていて、そっちは親族のなかで興味がある人で分けて、持って帰ったんだよ。

――古いものってなんですか？

稲川くんが訊く。

――いろいろあったんだけど、硬券とダイヤグラムは僕がほとんどもらってきた。

――硬券！　ダイヤグラム！

稲川くんが声をあげる。

――なんですか、それ。

鈴原さんが言った。

――硬券は切符。厚紙でできてるやつ。むかしはそれに駅員が改札で鋏《はさみ》を入れてたんだよ。ダイヤグラムは、列車の運行図表。この電車がこの時間にこの駅を通るという計画を図にしたもの。蔵にはむかしの手書きの図が何枚も残ってて。

――手書きのダイヤグラム……！　見たいですねえ。

稲川くんが腕組みして目を閉じる。

――たしかにいまの人はダイヤグラムとか知らないかもしれないね。写真をアップして載せたらおもしろいかもしれないなあ。

――いいんじゃない？　マニアが食いつくかも。

莉子が言った。

――しかし、投稿数も増えてきたよね。一冊にまとめられるのか不安になってきた。

乾くんが笑った。

――でも、楽しいですよね。いろんな人たちの日常が、遠くできらきら輝いてるみたいで、読んでいるとなんだかほっとします。

鈴原さんが微笑む。

――あ、星って言えば、わたし、松下先輩のあの歌が好きでした。

米倉さんが言った。松下さんも短歌の投稿を続けている。ときどき色紙に書いた毛筆もいっしょに載せられていた。

――え、読んでくれたの？　うれしい。どの歌？

松下さんが訊く。

――「少しずつ遠ざかる星しんしんと広い夜空に光り続ける」っていう……。さびしい感じもしますけど、すごくきれいで、イメージがうわあっと広がって、なんか素敵だなあ、って。

——そうか、ありがとうね。あの歌はわたしにとっても、大事な歌だから……。

松下さんはそれだけ言って、黙った。

少しずつ遠ざかる星しんしんと広い夜空に光り続ける

先週の投稿のなかにあったものだ。色紙に毛筆で書いたものの写真もあって、流れるような文字がきれいだなあ、と思った。

読んだとき、「少しずつ遠ざかる星」というのはお祖母《ばあ》さまのことかもしれない、と思った。遠ざかっても光っている。

石井さんも莉子もなにも言わない。でも、なぜか伝わっているような気がした。

——じゃあ、とにかく、夏休み明けまで、みんながんばりましょう。自分の投稿もだけど、寄せられた投稿への返信も忘れないで。

返信は日付ごとに担当が決まっていて、石井さんが表を作っていた。

——あと、週一でミーティングもするからね。忘れずに集まること。

——はい。

——わかりました。

——了解です！

みんなうなずく。

下宿生たちは、夏も田舎には帰れないだろう。松下さんも、お祖母さまに会いに行くことはできないだろう。

旅行もバイトもない夏休み。大学生活最後の夏休み。なんで、という思いがなくなったわけじゃない。でも、いまここのほかにわたしたちが生きる場所はない。

だから、この日常を精一杯生きよう、と思った。

# 第三話　結のアルバム

# 1

緊急事態宣言が解除されてからも世の中は外出自粛ムードが続いていて、今年の夏はどこにも行かないことになった。バイトもないし、サークルの集まりもオンラインのみなので、結局ただひたすら卒論と向き合うことになった。

論文の書き方の基本的なことはゼミで教わったけれど、いざ書きはじめようとすると文章がまったく出てこない。ワープロソフトを立ちあげてみるものの、ちょっと書いては消して、のくりかえしで、書きあがっているのはほんの数行。

もう八月も半ば。最初に立てた予定では、先行研究の紹介ぐらいまで終わっているはずだったのに。このままではまずい。なにも書けないまま夏休みが終わってしまう。とりあえず資料を読みこもう、と笹山先生の送ってくれた論文に戻ってぱらぱらとめくるが、頭にはいってこない。

部屋のなかにクーラーの風の音だけが響いている。

全然やる気が出ない……。笹山先生と話していたときはめちゃめちゃやる気だったし、できる気がしていたのに、これはどういうことなんだ……。

何気なく引き出しをあけ、和紙のはいった箱を取り出す。記念館からもらってきた余り紙を入れた箱だ。めくっていると渋紙《しぶがみ》が出てきた。以前記念館のグッズで「紙の絵本」を作ったとき、通常版の表紙に使った紙だ。

渋柿の未熟な果実からしぼった液を熟成させて作る抽出液を柿渋という。赤褐色で、タンニンを多く含んでいる。その柿渋を紙の繊維に染みこませたのが渋紙だ。防水、防腐効果があり耐久性も高く、着物を染めるときの伊勢《いせ》型紙や、古くは蛇の目傘作りなどにも使われてきたらしい。

カラフルな型染め紙や、絢爛《けんらん》豪華な金唐紙《きんからかみ》も素敵だが、こういう渋い紙もやっぱり素敵だよなあ、とため息をつく。あかるい茶色だが、色に深みがある。それに、時間が経つとどんどん色が深くなるらしい。

ながめているうちに、ちょっと箱でも作ってみようかな、と思った。なにかの本で、やる気というのは、やりはじめてからしか出てこない、やる気が出てくるのを待っていてもダメで、やる気を出したかったら、まずは小さなことでもいいからなにかやりはじめること、と書いてあった。

そうだ、これは論文を書くための準備運動だ。箱をひとつ作ってテンションをあげ、その勢いで論文にとりかかろう。言い訳のようにも思え、そして実際言い訳だとわかっていたが、とにかくこのままパソコンに向き合っていてもなにも書ける気がしない。

せっかくだし、これまで作ったことのある箱じゃなくて、もう少しむずかしいものを作ってみよう。前に箱職人の上野《うえの》さんからもらった貼り箱の作り方をまとめた冊子を取り出す。まだ作ったことのない箱の作り方がたくさん書かれている。

どれにしようか、とめくるうち、夫婦《めおと》箱というものに目が留まった。本を入れるための箱だ。大小ふたつの箱が、本の表表紙と裏表紙のようにつながって、閉じるとぴったり重なるようになっている。

大切な本をしまうためのもので、中に入れる本のサイズに合わせて一冊ごとに手作りするものらしい。できあがりの写真を見ると、本を大切に包みこむような形で、こんな素敵なものがこの世にあるのか、とため息が出た。

でも、むずかしそう。芯《しん》にする板紙と表に貼る紙の厚みを考えて、外箱と内箱のサイズを微妙に変えなければならない。内貼りも必要だし、外の表紙のようになる紙は裏打ちという作業をしなければならないみたいだ。

でも、夏休みで時間もあるし（ほんとは論文を書かなくちゃいけないんだけど）、これも仕事の研修だと思って……。逃避の二文字が頭をよぎるが、それは考えないことにして、机の上をきれいに片づける。

まずは板紙と貼り紙の寸法を計って切り出す、とある。ああ、でも、これはなかに入れる本のサイズに合わせて作るのか。ということは、まずはなかにしまう本を決めなくちゃいけない、ってことだよね。

父の本がいいかもしれない。立ちあがり、部屋を出る。母はリビングでオンライン会議中みたいで、ヘッドフォンをして画面に向かってなにかしゃべっている。邪魔をしないようにうしろをすうっと通り抜け、父の本の棚がある部屋に向かう。

単行本は棚の上の方にデビュー作から順番にならんでいる。背を見ていくと、終わりの方に「東京散歩」の文字があった。父の本は単行本も文庫本も両方おいてあり、わたしが持ち出すときはいつも文庫本だから、単行本はじっくり見たことがなかった。

手をのばし、本を取る。表紙は木版画だろうか、見ようによっては立ちならぶ家のようにも見える抽象的な柄で、囲み枠のなかにタイトルと父の名前がはいっていた。文庫本とはちがう絵で、最初はこんな本だったのか、と少し不思議な気がした。

『東京散歩』は掌編集で文字数がそんなにないから、文庫だとあまり厚みはない。でも、単行本の方は思いのほか厚かった。めくってみるとゆったりした文字組で、紙も少し厚みの出るものを使っているみたいだ。

この本には恩もあるしなあ。藤崎さんと心が通じたのも、この本のなかの一編「屋上の夜」がきっかけだったし、「物語ペーパー」が生まれたのもこの本のおかげだ。箱にはこの本を入れよう、と決め、本を持って部屋を出た。まだオンライン会議が続いているようで、母は話に夢中である。そうっとうしろを通り、自分の部屋に戻る。

さっそく本を机に置き、サイズを計った。縦、横、厚さ。あまりぴったりだと取り出しにくいだろうから、箱は心持ち大きくした方がいいかもしれない。上野さんの資料にしたがって、設計図を書く。内箱の底面は本の大きさとほぼ同じだが、それにかぶせる外箱はひとまわり大きくしなければならない。側面の板紙の厚さを考えて……。なんだか複雑で、設計図の段階からかなりむずかしい。しかしここでまちがえると、ちゃんとしまらない箱になってしまう。最初はふつうのコピー用紙に書きはじめたのだが、方眼紙を引っ張り出し、定規を使って設計図を引き直す。

とりあえずできたが、ほんとうにこれで良いのか確信が持てない。板紙はいくらでもあるから、試しに板紙を切って組み合わせてみることにした。

寸法通りに板紙を切る。角をしっかり直角にしないといけないし、寸法も正確にしないときれいな箱にはならない。きちんと定規を使って線を引き、カッターで切り出す。部品をひとつずつ組み合わせ、マスキングテープで仮止めする。

底面と側面の板紙をきちんと直角に合わせなければならない。こういうところを適当にすると、あとで痛い目を見る。内箱、外箱両方の仮止めを合わせてみると、きちんと組み合うことがわかった。板紙の寸法はこれで正しいみたいだ。

そしたら、今度はここから内貼り用と、外貼り用の紙の設計図を作って、と思ったとき、ノックの音がした。はーい、と答えると、ドアが開いて母の顔が見えた。

「ごめんごめん、会議が長引いちゃって。もう一時近くなっちゃった。お昼にしよう」

「え、一時？」

母の言葉にぎょっとして時計を見る。たしかに一時近い。なんということだ。まだ板紙の設計図ができただけだし、論文はもちろん一行も書いていない。

「あれ、なんか工作がはじまっちゃってるみたいだね。論文は？」

母が苦笑いした。

「準備運動のつもりで箱作りをはじめたら、なんかたいへんなことになっちゃって」

箱を作っているあいだは一瞬にして時間が過ぎた。

「箱作りで準備運動？　論文とは頭の使いどころがちがうような気がするけど……。まあ、とにかくお昼にしよう。そうめんでいいよね。生姜《しょうが》おろしてくれる？」

母は笑ってそう言った。


生姜をおろし、茗荷《みょうが》を切る。母はそのあいだに冷蔵庫から作り置きの野菜の揚げ浸しを出して皿に盛り、つゆを器に入れた。大きな鍋《なべ》に湯を沸かし、ぱらぱらとそうめんを入れる。茹《ゆ》であがったそうめんを水にさらし、器に盛りつけた。

食べはじめてから、論文が進まない、書き方が全然わからない、と母に愚痴ると、はじめてなんだからあたりまえだよ、と笑われた。

「目の前に卒論っていう断崖《だんがい》絶壁がそびえたってて、のぼりはじめようにも最初に足をかける場所すら見つからない感じ」

わたしがそう言うと、母がまた笑った。

「なんで笑うの？」

「ううん、いまの百花の説明の仕方。すごくわかるけど、論文ではNGだからね」

「ああ、そうか」

笹山先生にもそう言われたんだった。論文はエッセイじゃないから、表現にこだわるのではなく、論理的に書け、と。

「けど、扱ってるのは文芸作品でしょ？　そんなに論理的に説明できるものじゃないじゃない？　理系とかリサーチする学問だったら調査したり実験したりした結果をまとめて、結論を出すんでしょ？　そっちの方がわかりやすいよね」

「けど、百花、数学や理科はあまり得意じゃなかったでしょ？」

母に言われ、ぐっと黙る。その通りだ。わたしの成績では理系の学部に行けるわけもなかった。それに、理系に進んでなにを研究すればいいのか見当もつかない。

「まあ、ふつうの人は長い人生のなかで『論文』なんて読むのも書くのも卒論のときくらいでしょ？　論文書くって言うのは、特殊技能なんだよ。それができる人が研究者になる。だれでも書けるものじゃない。でも、やってみることには意味があると思うよ」

「どうして？」

「そのことについて徹底的に考えることができるから。社会に出ちゃうと、日々の仕事をこなすので精一杯で、なかなかそういう時間は取れないからね」

母は笑った。

「でも、最初の一歩も踏み出せない感じで。なんでこんなにむずかしいんだろ？　論文ほどじゃなくても、授業で何度もレポートは書いてきてるのに」

「うーん、レポートと卒論は全然ちがうからなあ。レポートは与えられた課題について調べてまとめればOKだけど、卒論は自分でテーマを考えなくちゃならないし、自分なりの観点で問題提起をして、それに対する解決を書かなくちゃいけないから」

「それは笹山先生にも言われたんだけど……」

夏休み前最後のゼミでも、笹山先生に、吉野さんはまだテーマを絞りきれていないようですね、と言われていた。

「やっぱりテーマが決まらないと書きはじめられないのかなあ。書きはじめたらなにか浮かんでくるかと思ってたんだけど」

「それじゃ書けないでしょ」

母が即答した。

「やっぱり？」

「うん。わたしも論文なんて卒論のときしか書いてないから、偉そうなことは言えないけどねえ。でも、論文って、できるだけテーマを絞りこんで、その論文で扱う問題を明確にして、それに対する論を立て、検証して、結論を出すわけでしょ？」

笹山先生も似たようなことを言っていた気がする。

「百花の論文ではどんな問題を扱うの？」

母に訊《き》かれ、答えに窮した。小川未明の童謡を中心に据えようとは思っていただけで、

「問題」がなにか決め切れていなかった。

「いろいろ論文を読んでるうちに『問題』がなにか見えてくるような気がしてたんだけど、全然思いつかなくて……」

「まずそれを決めないことには話がはじまらないよ。これはどうしてこうなんだろ、っていうポイントを見つけないと。それを解決するためにいろいろ論文にあたって、自分の考えを導き出さなくちゃいけないんだから」

ぼんやり読んでいるだけじゃダメってことか。先輩たちの論文を読んでいるあいだはできるような気になっていたが、問題点を見出《みいだ》すってめちゃくちゃむずかしい。むしろそこが要《かなめ》なのかもしれない。

「それにしても、百花、さっきは楽しそうだったわよね」

母が言った。

「さっきって?」

「部屋でなんか作ってたじゃない? 紙を切ったり貼ったりして。ああいうの、ほんとに好きなんだなあ、って」

「そうかも。さっき作業してたら、時間を忘れちゃって……」

「紙雑貨作りが天職ってことなんじゃない?」

母がくすくす笑う。

「天職かあ……」

少なくとも、論文を書くより向いていることはたしかだ。

「でも、一日じゅう論文とパソコンに向かってれば書ける、ってものじゃないしね。適度に息抜きした方がいいのかもよ。なに作ってたの？」

「箱。ちょっと複雑な夫婦《めおと》箱っていうのにチャレンジしようと思って……」

「ああ、夫婦箱。本を入れる箱よね」

「そう。前はよく貼り箱作ってたでしょ？　でも、記念館で働くようになって、次から次にあたらしいものがやってきて、それに追いついていくのに必死だったんだよね。じっくり自分で手を動かしてものを作る時間なんてなくて……」

出会うものひとつひとつが新鮮だったし、記念館の仕事では、製品作り自体は専門の職人さんに頼むことになる。わたしの仕事はアイディアを練ることで、それだけで精一杯だった。

「けど、やっぱり自分で手を動かしてものを作るって楽しいんだよね。自分で作ってはじめてわかることがたくさんあって……」

「出かけられない分、そういうことに時間をかけるのもいいんじゃない？　頭も整理されるかもよ。論文だって、気分転換して思いつくこともあるかもしれないし」

母が笑った。


部屋に戻って、作業中の机を見おろす。

たしかに、これまでの自分を見直すきっかけになるような気がした。来年からは藤崎産業の社員になる。この状況がどうなっているかわからないし、自分の部署がどうなるかもわからないけど、入社すれば仕事に追われるようになるだろう。

論文も大切だけど、仕事について考える時間だって必要なはず。母にも話したが、最近はアイディア出しばかりに気を取られて、自分でものを作る時間を取れていなかった。

上野さんからもらった冊子をめくる。

どの設計図も、すごく緻密《ちみつ》にできている。紙は平面に見えるけど、実は厚みがある。それを考えないと箱作りは失敗する。この辺よりこの辺が何ミリ長いのは、ここの厚みを考えてのこと。ひとつひとつにちゃんとその長さになる理由がある。

板紙の寸法はこれで良さそうだったので、今度は内側と外側に貼る紙の設計図を書く。上野さんの解説を読むと、外側に貼る紙は角を斜めに切り落とさなければならなかったりで、さらに形が複雑だ。

紙をまっすぐに切る、まっすぐに折る。道具を使っててていねいに作業しないと、ゆがんだり変な皺《しわ》ができたり。きれいな箱にはならない。これは最初から渋紙を使うのは無理だな。別の紙でいくつか箱を作って練習してからでないと。

たくさんある薄めの紙を引っ張り出し、設計図を写してカッターをあてる。大事なのは設計図と、ていねいな作業。楽をしようと思って気を抜けば、仕上がりに影響する。

設計図って大切だよなあ。でも、論文もそうだよね。ただ漠然と書こうとして書けるものじゃない。全体の形を考えずに走り出したって論文にはならない。まずはわたし自身がなにについて書くか、しっかり決めないと。

小川未明の童謡について書くという案は、莉子と話していて浮かんだこと。安直に、今年のゼミ生に似た題材を扱う人がいないからそれでいこう、と思ってしまったけど、そこになにを見出すか、しっかり考えていなかった。

でも……。あの「おもちゃ店」という詩を読んだとき、すごく惹《ひ》かれたのだ。「めちゃめちゃにたたき壊してやりたくなる」という強い怒り。だけどその怒りは幼い命が失われたことに対する悲しみから生まれたもので……。

あわてて立ちあがり、本棚に向かう。笹山先生から借りた『あの山越えて』を取り出し、ページをめくった。「おもちゃ店」のページを探す。古い本の、角が丸くなり、少し黄ばんだページ。活版印刷の文字は、いまの本の文字とは少しちがう。

三日月堂でも活字は見たし、物語ペーパーも活版印刷で作っているけれど、この本は古いから、さらに雰囲気がある。字がひとつひとつものみたいに佇《たたず》んで、言葉を唱えている。

「おもちゃ店」のページが見つかる。見開きに印刷されたその詩を読むと、心がずーんと重くなる。何度読んでもその怒りと悲しみに胸がぎゅっとなる。

でも、この詩は全然童謡らしくない。童謡や唱歌というのは、やさしく子どもも心を包むようなものが多いのに、この詩はまったくちがうのだ。

わたしの名前のもとになった『春の小川』なら、小川が岸辺の花たちに「咲けよ咲けよ」とささやく。前に藤崎さんのお母さまのめぐみさんのリサイタルで聞いた『故郷《ふるさと》』では、ふるさとのなつかしい風景が出てきて、いまは帰れなくても忘れられない場所だと歌う。

野口雨情の『シャボン玉』は、はかなく消えてしまうしゃぼん玉を歌いながらも、「風、風、吹くな」と、しゃぼん玉に対するやさしさがあるし、西条八十の「かなりや」だって、歌を忘れたカナリヤが出てくる哀愁のこもった歌詞だが、カナリヤが歌を思い出すことへの祈りがある。悲しい現実が描かれていても、子どもたちが世界を信じることができるように作られているのだと思う。

児童文学の授業では、童話や童謡というものは、大事なことを子どもが呑《の》みこめる形にして手渡さなければならない、と聞いた。その作品を読んだ子どもが不安から逃れられなくなることがないように、現実への帰り道を作ってやらなければならない、と。

でも「おもちゃ店」にあるのは、未明自身も呑みこめない、大きな怒りだ。果たして子どもに呑みこめるものだろうか。いや、呑みこめなくてもいいということなのか。世の中には呑みこめないものがあるということを伝えたかったのか。

童謡じゃなくて、わたしが気になっているのは未明のこの怒りなのかもしれない。これはなんなんだろう。小川未明自身、短気で怒りっぽい性格だったという話だというから、生まれつきの性格だったのだろうか。

未明は若いころ、貧窮でふたりの子どもを喪《うしな》っている。さらに、家族四人がスペイン風邪にかかり、未明自身も危篤に陥ったという。

スペイン風邪。今回の新型コロナウイルス感染症の流行を受け、ニュースでも何度かその名前を聞いた。いまでいうインフルエンザだそうだが、全世界で五億人が感染し、死亡者は五千万とも一億とも言われている。

人類の歴史のなかでもっとも多数の死者を出したパンデミックであり、これにくらべたら今回の感染症の被害はまだまだ規模が小さいらしい。スペイン風邪の影響で徴兵がままならなくなったために第一次世界大戦の終結が早まったという説もあるのだそうだ。流行病《はやりやまい》に戦争。そういう時代に生きた人はどのような思いを抱えていたんだろう。貧しくて、なにもかもままならない。苦しい日々のなかで、目に留まる風景や季節の気配。だからこそ、そのひとつひとつがあざやかに目に映ったのだろうか。

いまは医療が発達して子どもの死亡率もさがっているだろうし、寿命だってのびている。でもこのコロナ禍に対してはなすすべがない。未知の感染症の前では人類は無力だ。

記念館の最後のワークショップと閉館イベントが中止になったとき、これまで感じたことのないような気持ちに襲われた。理不尽だと思ったし、悔しくて、悲しくて、なんでいまなんだろう、というやり場のない怒りを感じた。

きっといまは世界じゅうの人が、怒りや悲しみを抱えているんだと思う。多くの人は、だれのせいでもないと自分に言い聞かせ、暗い感情を呑みこんでいるけれど、そういう思いが黒々とした海のように世界に広がっているのが感じられる。

わたしたちが思ったより死の近くにいる、ということも意識するようになった。父が亡くなったときのことを思い出す。悲しかったけれど、それだけじゃない。それまで生きていたものがあるときを境に亡骸《なきがら》になってしまう。人が死ぬというわけのわからない怖さが身体の奥底まで染みこんできて、母とふたりで暗い海を漂流しているみたいだった。

そういえば、未明の童謡に出てくる海はいつも不安に満ちている。たとえば「闇」。


お母《かあ》、足が痛い。

我慢をしろよ。

お母、もう歩けない。

もう、すこし我慢をしろよ。

お母、どこへいくのだい？

「…………」

空は真っ暗である。

怖ろしい波の轟《とどろ》きが聞こえる。


これですべてである。おそろしい波の轟きから逃れることがないまま終わってしまう。

「海と太陽」という詩では、海や太陽が擬人化されていて、少し童謡らしい雰囲気はあるけれど、海はやっぱりおそろしいものとして描かれている。太陽が海を眠らせてくれたから、みんなが安心して眠れるようになった、とされているのだ。

海は昼眠《ね》る、夜も眠《ね》る、
ごうごう、いびきをかいて眠《ね》る。

昔、昔、おお昔
海がはじめて、口開けて、
笑ったときに、太陽は、
目をまわして驚いた。
かわいい花や、人たちを、
海がのんでしまおうと、
やさしく光る太陽は、
魔術で、海を眠《ねむ》らした。

海は昼眠《ね》る、夜も眠《ね》る。
ごうごう、いびきをかいて眠《ね》る。

未明の童話、たとえば『赤い蠟燭《ろうそく》と人魚』に出てくる海も暗い。人魚はその暗い海からやってきて、娘を人の住む村に預け、海に帰っていく。

未明の書く海は、そういう海だ。広くあかるい海じゃない。暗い海。生命の源でもあり、生命が帰る場所でもある海。黒々とうねって、人を呑みこもうとする。

父が亡くなったあとに母と漂っていた海と似ている気がした。成長していくなかで、その暗い海からだいぶ遠ざかったような気がしていた。でも、見えていなかっただけで、それはいつもわたしたちのとなりにある。最近はよくそんなことを思う。

毎日夕方母や叔母《おば》と散歩に出るのも、身体を動かしたり、身近な人と話したりすることが、自分の心を守る、と本能的に知っているからかもしれない。

小川未明の描く海は、現実の海であると同時に、この心の底にある暗いものなんじゃないか。だからわたしは、未明の海の描写に惹《ひ》かれるのかもしれない、と思った。

## 2

いろいろ考えた結果、童謡を中心にするというより、小川未明の作品における海の描写について論じることに決めて、笹山先生に相談のメールを書いた。詩も童話も含め、作品に登場する海の表現に注目し、未明が海に寄せていた思いについて考察する。

笹山先生にオンラインで相談すると、テーマはもっと絞った方がいいけれど、前よりはだいぶはっきりしてきましたね、と言われた。きちんと決まったとは言いがたいが、自分でもなんとなく、進む方向がわかってきたような気がした。

——そしたら、そのテーマに関係ありそうな資料をまた追加で送りますよ。

笹山先生がにこにこと言う。

——ええっ、いいんですか？

——娘に教えてもらったんですよ。紙のコピーじゃなくて、スキャンすればデータで送れるって。紙もいらないし、わざわざ郵便局やコンビニに出しにいかなくてもいいですからね。便利になったよね。

笹山先生はそう言ってにこにこ笑った。

数日後、笹山先生からはまたしても山のような資料が今度はデータで送られてきた。でも読み方の目処《めど》が立ったせいか、少し気が楽だった。

夫婦箱《めおと》はいくつか作ってみたものの、なかなか満足できる出来にはならない。上野さんに電話で相談したところ、糊《のり》や道具にもっと工夫が必要だという結論に達した。

上野さんは、そういうことだったら、接着剤に使う膠《にかわ》を少し分けて送るよ、と言ってくれた。道具は市販でちょうど良いものはなかなかないから、必要なものは自作している、と聞き、そういうことが大事なんだな、とあらためて思った。

夏休みの終わりまでに、納得のいく夫婦箱を作れるようになりたい。ひとつうまくいった、じゃなくて、安定していい箱が作れるまでがんばる。設計図を起こす練習もしたいから、サイズもいろいろで。

午前中から卒論に取り組み、夕方、ひと休みしたあと箱作りに取り組む。小冊子研究会の「わたしたちの日常」には、この箱作りの記録を投稿することにした。製作中の箱の写真を撮り、その日の作業を記録する。写真は毎回、作業中の様子（母に撮ってもらった）とできあがったもの、これまでに作ったものの全体写真の三種類。作業日誌みたいな内容だったが、意外と好評だった。

——箱ってこうやって作るんですね。はじめて箱の仕組みを理解して、驚きました。

——箱に貼っている紙がとても素敵ですね。とてもきれいで、見ていると癒《いや》されます！

——箱がどんどん増えていき、だんだんうまくなっていくのがおもしろいです！

ブログのコメント欄に感想がつくようになり、投稿自体も楽しくなってきた。

これまで、記念館のSNSでの告知はしていたけれど、自分のSNSはなにを書いていいかわからず、ほとんどなにも発信したことがなかった。それが、今回は投稿することが楽しい。日課のようなものができたからだろうか。

小冊子研究会の後輩たちからは、箱作りが上達しているのはすごいけど、卒論は大丈夫なんですか、というメッセージも来た。まだまだ読まなければならない論文が山積みだったが、それでも少しずつ道筋は見えてきた気がした。

八月の終わり、藤崎産業の内定者懇親会がオンラインで開催された。藤崎産業の各部署の担当者から仕事の説明があったあと、内定者の自己紹介。内定者は全部で十人。なかにはグループ面接でいっしょだった優秀そうな男子学生や不織布に関心を持っていると発言した女子の姿も見えた。あのときはみんなライバルに見えて怖かったが、これからは同僚になるんだ、と思うと不思議な気がする。

本や雑誌に興味を持っているという女性もいて、もう少し話してみたい気がしたけれど、オンラインなので、内定者同士で自由に会話することはできない。対面なら、帰り道に話しかける、みたいなこともできるが、オンラインだと会が終わればすぐにばらばら。ちゃんと話せるようになるのは、入社してからかなあ、と思った。

飯田の祖母からも連絡が来た。祖母はあいかわらず水引を使った紙小物の写真をSNSにあげていて、「わたしたちの日常」にも作品の写真入りの記事を投稿してくれた。

──百花の作った箱、とてもきれいですね。いつも見てます。遥香に見せたら、てるばあちゃんの水引と組み合わせたら素敵なものができるんじゃない、って言ってました。そういうのをコラボって言うんだ、って教えてもらいましたよ。

最後にニコニコマークのついたメッセージだった。

てるばあちゃんの水引とのコラボ。なんだか素敵なものができる気がする。

水引は結んで使うことが多いが、何本も平らにならべる使い方もある。色の取り合わせを考えながら水引をならべると、細い縞々《しましま》の面ができ、とてもきれいなのだ。

ただ、本棚にしまったり、重ねておいたりすることもあるから、夫婦箱の表面はフラットに仕上げたい。箱の表面にそのまま水引を貼ると凸凹ができてしまうけど、表紙の一部を凹《くぼ》ませて、そこにならべた水引を貼ったら洒落《しゃれ》た感じになりそうだ。

でも、表紙を凹ませるって、どうすればいいんだろう。これまではアイディアを出すだけで、そうした作業はすべて職人さんにまかせてしまっていた。仕事としてはそれでよかったけれど、今回はとことん自分で作業してみたい。

豪華な作りの本だと、表紙の一部が凹んで、そこに別の紙が貼ってあったりすることがある。エンボス・デボス加工と同じでプレスしているんだろう。ふつうの紙のプレスなら、貝殻の小箱を作ったときみたいにプラスチック板とへらでできる。

でも、今回は板紙を深く凹ませなければならないわけで、特別な道具……、いや、機械が必要になりそう。今度それも上野さんに訊《き》いてみようかな、と思った。


――板紙をへこませて、ならべた水引を貼る？　小鬼《こおに》はまた面倒なことを思いつくねえ。

数日後、昼食が終わったあと電話して訊くと、上野さんはそう言ってから笑った。

小鬼というのは、上野さんがつけたわたしの呼び名である。

――でも、まあ、記念館からはおもしろい仕事がくるからね。館長さんから頼まれるたびに、この人はほんと鬼だなあ、って思ったもんだけど、最近はもうひとり小鬼が増えちゃったから。

記念館最後のワークショップの打ち合わせのとき、上野さんにそう言われたのだ。藤崎さんが鬼なのはわかるけど、わたしが小鬼なんて、と憤慨したけれど、こうして実際に自分で箱作りをしていると、上野さんの言っていたことも少しわかってくる。

――館長さんのはできるできないがわかっての無茶振りだけど、小鬼くんの方は思いもよらないことを言ってくるからなあ。

あのとき上野さんはそうも言っていた。穴があったらはいりたい気持ちだ。

――すみません、実は水引の小物を作っている祖母から、いっしょになにか作れたらいいね、っていう話がきて……。

わたしは箱と水引を組み合わせるアイディアについて上野さんに説明した。

――小鬼ちゃんの考えることは面倒だけどおもしろいなあ。なるほど、凹みを作ってならべた水引を貼る、か。

いつのまにか、「小鬼」はちゃん付けになっている。

――すみません、毎度毎度思いつきばかりで……。

――いやいや、おもしろくていいよ。いま、そんなに仕事ないし、どうせ暇だから。

上野さんが笑う。

——お仕事、減ってるんですか？

——うん。記念館がなくなって、館長さんからの無茶振りがなくなったから、っていうのもあるんだけどね。

上野さんは冗談めかして言う。

——すみません。館長も、いまはほかの部署でたいへんみたいで……。

——話は聞いてるよ。たいへんだよねぇ。いや、別に館長さんのせいじゃないし、世の中全体のためにがんばってるわけだから。それに、そのせいだけじゃないんだよ。うちに来る注文は、機械では作れないちょっと複雑な箱が多いからね。式典で記念品を入れるのに使われることも多いんだけど、いまは式典自体がなくなっちゃってるから。

——そうか……。そうですよね。

卒業式、入学式、企業のセレモニーなども軒並み中止。母から、同僚の結婚式が延期になった、という話も聞いた。あらかじめ決まっていた式典の場合、記念品だけは郵送で、ということもあるかもしれないが、これから新規に企画されることはないだろう。

——「八十八夜」のお茶の箱や「shizuku」のアクセサリーの箱の仕事もずっと続いてたんだけど……。

八十八夜は日本橋にあるお茶の老舗《しにせ》。お店を継いだ豊崎翠《とよさきみどり》さんが、お店を改装して日本茶のカフェを作った。そのときの内装と、オープニングセレモニーで使う記念品の箱の作成を記念館が請け負うことになり、薄く切った貝を貼った箱を提案したのだ。

shizukuというのは、淵山雫《ふちやましずく》さんという女性のアクセサリーデザイナーのお店だ。淵山さんは彫金の技術を使ったアクセサリーを制作していて、あたらしいシリーズを立ちあげるとき、記念館で箱作りを請け負い、落水紙を使った箱を作ることになった。

ふたつともわたしが提案したものだったが、どちらも作るのがかなりむずかしいということで、箱作りは上野さんにお願いした。あのときは自分が思いつくままに話しただけだったのが、いま考えるとほんとに無謀で、上野さんに「小鬼」と呼ばれても仕方がない。

——いまはどちらもきびしいみたいでね。

——そうなんですか？

八十八夜もshizukuもあんなににぎわっていたのに？

——緊急事態宣言が解除されて喫茶の営業もできるようになったみたいだけど、八十八夜はいまのところ短縮営業で販売だけにしてるみたいだよ。shizukuも店は開けてるけど、客足はやっぱり減ってるらしい。そりゃそうだよね、そもそもみんな不要不急の外出を避けてるから街に出てこないわけで。

——そうですね。

母の会社もあいかわらず仕事はできるだけリモートという方針で、週に一度か二度、ほんとうに必要なときだけしか会社には行かない。リモートと時差通勤の徹底で、朝の通勤電車もがらがらだと聞いた。

職場の近くでランチを食べることもないし、会社帰りに買い物や食事、という機会もなくなる。飲食店は開ければ光熱費や人件費もかかるから、休業している店も多い。駅ビルにはいっていたチェーン店などはけっこう撤退しているみたいだ。

——手土産を持ってくところがないから、お茶も買わない。つけていく機会がないから、アクセサリーを買う必要がない。世の中全体が自粛ムードだから、派手なことをする方に気持ちが向かないんだよね、きっと。

上野さんが息をつくのがわかった。

——八十八夜もshizukuも大丈夫なんでしょうか？

——経営はなんとかなっているみたいだよ。両方とも最初はどうしようか相当困ったみたいだったけど、通販に力を入れたりしてしのいでるみたいだ。八十八夜は日本茶の美《お》味《い》しい淹《い》れ方を動画で配信したり、自宅用のお茶のセットを作ったり。

——家での暮らしを充実させよう、ってことですよね。

紫乃叔母《おば》さんのお店と同じだ。

——そうそう、shizukuは文具ラインを作ることも考えてるって言ってたっけ。

——文具ですか？

——彫金を施した万年筆だとどうしても仰々しくなるから、シーリングスタンプみたいなものを考えているとか。

――シーリングスタンプ！

手紙に蠟《ろう》で封をするときに使う、文字や模様が刻まれたスタンプ。溶かした蠟を手紙の封に垂らして、上からスタンプで押す。文具好きとしては外せないアイテムで、わたしも高校時代に憧《あこが》れて購入し、自分のイニシャルのスタンプを持っている。

蠟を溶かして、垂らして、押す。その儀式が魔法っぽくてたまらないのだ。だが、送る相手を選ぶ。通じる人には通じるが、そういう趣味のない人に送ると「何者？」って思われそう。それであまり使う機会がないのだけれど、小冊子研究会のメンバーならわかってくれそうな気がする。

それにしても、shizukuのシーリングスタンプ……。

――彫金を入れるのは柄の部分。最近は女性のあいだでけっこう人気があるとかで、女性客を意識して、shizukuらしい小ぶりで繊細なデザインを考えてるとか。

――うわあ、素敵だろうなあ。

高いだろうけど、と心のなかで呟《つぶや》いた。

――それで、文具部門を開発することになったら、また館長さんにも相談したい、って言ってたんだっけ。いまは記念館がなくなって、館長さんも医療用品の部門の手伝いでたいへんだって伝えておいたけど。

――相談って、パッケージのことですか？

――それもあるけど、記念館とのコラボ商品を作りたい、みたいなことを言ってたなあ。

記念館のレターセットとシーリングスタンプをセットにするとか……。

――え、それ、今度館長に伝えます。

shizukuのシーリングスタンプとのセット。魅力的な話に胸がどきどきした。そういう話があるなら、絶対企画に携わりたい。

――まあ、実際に動くのはもうちょっと先の話だろうけどね。でも、淵山さんも豊崎さんもみんながんばってるよ。会社を潰《つぶ》すわけにはいかないし、社員も養わなくちゃいけないからね。最初会ったときにくらべると、たくましくなったよ。

淵山さんはモデル出身。豊崎さんも白いシャツが似合う知的美女。お茶の店に生まれ、茶道もたしなむためか姿勢がとてもいい。店では和服姿のときもあるがショートカットのせいか、着物のセレクトのせいか、伝統的というよりはイマドキ風。

どちらも若くてうつくしいうえに、とても有能でひたむきなのだ。あんなふうになれたら、と思っていたけれど、「たくましくなった」という言葉を聞くと、ますます憧れてしまう。

会いに行きたいなあ。藤崎産業に内定したことも報告したい。いま会いに行くのはあまり良くないのかもしれないけど、メール？　いや手紙を書いてみるとか……？

――ああ、そうだ、今日電話してきたのは、箱の蓋《ふた》に凹《くぼ》みを作る方法のことだっけ。

上野さんが思い出したように言う。

――あ、そうでした。それって、やっぱり専門の機械がないと、できないですよね？

——まあねえ、板紙をはっきりわかるほど凹ませるためにはプレス機じゃないとダメかなあ。ああいう凹みは、形がくっきりしてないとダメでしょう？

——くっきり？

——凹みの角がくっきりしてないとダメってこと。直角に凹ませるときもあるし、斜めにするときもあるけど、金型で角をくっきり出して凹ませないとかっこよくないから。

——それはたしかにむずかしそうですね……。

ヘリをくっきりきれいに出す。圧力も必要だろうし、機械じゃないと無理そうだ。

——そもそもそれは箱屋の仕事じゃなくて、プレス屋さんの仕事。うちにもプレス機はないし。凹みの形をはっきりさせたいときは、型を表からだけじゃなくて、裏からもあててはさむんだよ。そうするとくっきり凹む。裏はボコッと出ちゃうけどね。

——なるほど。

——小さな手動プレス機だったら、一般向けのものもあるけど、その機械できれいに凹ませられるのは画用紙とかハガキくらいの厚さまでかな。

——そうですか……。

うーん、やっぱり無理なのか。

——けど、いま作ってるのは、貼り箱なんだよね。だったら、人の力だけで凹みを作る方法はあるんだけどな。

上野さんがほのめかすような口調で言う。

——ほんとですか？　どうやって？

——小鬼ちゃんだったらわかると思うんだけど……。いつもあれだけいろいろなことを思いつくんだから。

上野さんが笑った。

わかると思う？　ということは、わたしが知ってる道具だけでできるってことだよね。

うーん、と考えこむ。

——紙を凹ませよう、と思ってるからわからないのかもしれないね。要するに、いま小鬼ちゃんがやりたいのは、箱の芯《しん》になる板紙に凹みを作るってことだよね？

——そうです……けど……。

「紙を凹ませる」と「紙に凹みを作る」。同じことじゃないか。凹ませられないんだから、凹みは作れないよね。

あれ？　そうかな……？

頭のなかになにかが引っかかる。凹みを作る。つまり、段差ができれば……。

そうか、わかった。

——同じ大きさの紙を二枚用意して、片方に穴をあけて重ねれば……。

——そうそう、そういうこと。さすがは小鬼ちゃん。

上野さんの笑い声が聞こえた。

板紙を二枚用意して、一枚にはカッターで四角い穴をあける。それを穴のあいていないもう一枚に重ねて、糊《のり》づけする。そうすれば一枚の凹みのある紙になる。

——貼り箱だったら、どうせそのまわりに薄い紙を貼るわけで、芯が二枚重なっていたとしても、外からはわからないでしょ。

上野さんが言った。

——水引っていうのは、太さは一ミリくらい？

——そう……ですね。ちょっと待ってください。

引き出しから一本水引を出し、定規にあてる。細いので正確なところはわからないが、だいたい一ミリくらいだった。

——いま確認したら、だいたいそれくらいでした。

——そしたら、厚さ一ミリの板紙を使えば、水引をならべた部分の高さとだいたい合うよね。

——水引を埋めこんだような印象になりますね。

——うん。水引は結ぶものという印象が強いけど、束にして面の状態にしたものも質感があっておもしろそうだね。同じ色をならべただけでも陰ができるから一枚の紙とは全然ちがう雰囲気になる。何色か取り合わせるのもいいだろうし。

上野さんの言葉に、作ってみたい、という気持ちが盛りあがる。

——あ、でも、その場合、表の紙はどうすればいいんでしょうか？　凹みの底まで貼らないといけないんでしょうか？

――今回の案だと、凹みに水引を敷き詰めるわけだよね？　そしたら、凹みの底は水引で埋め尽くされるわけだから、底までは貼らなくてもいい。ただ、凹みの側面には貼った方がいい。折れ目のところで切り落とすと、板紙の断面が見えちゃうから。

――あ、そうですね。

――つまり、凹みの外のサイズより凹みの深さの分紙を余計に残して、端一ミリ分だけ切りこみを入れる。そして凹みの側面に折りこんで、そこもしっかり糊《のり》づけする。細かい作業だけど、わかるかな？

――はい、わかります。

――底は水引を敷き詰めれば、ほとんど見えないと思う。底には紙を貼ってないから、表の紙の厚さ分水引の面が表面より低くなるね。

――そうですね、ぴったりそろっているより、ちょっと低い方がいいような気がします。

――うん。ほんの心持ちだけどね。

凹みに全部水引を貼るのもいいけれど、凹みの底には別の紙を貼って、縁のように水引で囲むのもいいかもしれない。それなら底の紙に文字を入れることもできるし。

上野さんと話しているとアイディアがどんどん浮かんできて、心が躍った。

――ああ、久しぶりに小鬼ちゃんと話したけど、やっぱり楽しいねえ。箱を作りたい、って気持ちが伝わってくる。

――そうなんです。ほんとに楽しくて。夏休みにはいってから、いくつも作りました。

——小鬼ちゃんたちのサークルの「わたしたちの日常」だっけ？　館長さんに教わってときどき見てるよ。箱作りが見るたびに上達してて、びっくりする。

上野さんのことだから、わたしを励ますために言ってるんだろうなあ、とは思ったけれど、ベテランの箱職人に褒められるとやっぱりうれしかった。

——上野さんのところで雇ってもらえますか？

——大歓迎だよ。藤崎産業が嫌になったらうちに来てもいいよ。給料は藤崎さんの十分の一くらいしか払えないかもしれないけど。

上野さんが笑った。

3

上野さんとの電話を終えたあと、水引をはめこんだ箱をどうしても作りたくなってしまった。早く作業しないと話したことを忘れてしまうかもしれない。作りかけの箱の作業を終わらせたあと、水引のはめこみに挑戦してみることにした。

まず、凹みはどういう形にしようか。最初は本のタイトルを入れる窓みたいな形にしようと思っていたけれど、水引のうつくしさを生かすためには、長さがある方がいいような気もしてきた。

だったら蓋の上から下まで一本の線にしてもいいんじゃないか？　凹みを細くしてそ

こに水引を貼れば一本のラインみたいになる。その形なら板紙を窓みたいにくり貫《ぬ》くんじゃなくて、高さを揃えた細めの板紙を二枚作って、隙間をあけてならべればいい。窓を開けるより難易度も低そうだ。まずはそれでやってみようと思った。

前回使った設計図を利用し、板紙を切る。下に重ねる板紙は同じサイズ。上の板紙は、隙間ができるように縦に二分割する。

隙間はどのくらいだろう？　あまり広いのは品がない気がするけど、細すぎると目立たないかもしれない。五ミリくらいかな？　板紙をならべながら見当をつけた。あとは、隙間を入れる位置。真ん中はセンスゼロだし、二対一くらいで分割するのがよさそう。あ、それから、隙間は水引をならべたときの幅とぴったりになるようにしなくちゃ。ここに変な隙間ができたらかっこ悪い。水引はだいたい太さ一ミリくらいだから、五ミリってことは水引五本分……。でも実際にはかってからの方がいいよね。

引き出しにしまってあった水引を出し、ならべてみる。

水引もいろいろな材質、色がある。絹巻水引というレーヨンを巻きつけたものは色も豊富だし、やわらかくて扱いやすい。ちょっと失敗しても折皺《おりじわ》が目立たない。アクセサリーを作るなら、ラメがはいっているみたいに見えるものもいい。

でも今回は結ぶわけじゃないから、シンプルな色水引でもいいかも。色水引、つまりこよりにした紙に直接色を塗ったものだ。色数は少ないが、材質が紙なので、紙の表紙には馴染《なじ》むかもしれない。

色はどうしよう。試しに白の水引を引っ張り出し、五本ならべる。地味なように感じるが、水引自体が細くても立体なので、ならべると水引と水引のあいだに陰ができ、ぺったりした白一色にはならない。織物や編み物と同じだ。

表に貼る紙を白以外にすれば、白い線もいいかも。でも、これはさすがに渋すぎかな。もうちょっとはなやかな感じの方が喜ばれる気がする。水引を引き立たせるんだから、表に貼る紙は白にして、水引の方をきれいな色に……。

和紙のはいった箱を探り、白っぽい紙を取り出す。少し塵《ちり》のはいった薄めの紙だ。水引を何色か取り出して、その上に置いてみる。五本全部ちがう色にするのもマルチカラーみたいでおもしろいけど、色に気を取られて、水引をならべている良さが出ないかもしれない。かといって、一色だけだと地味だし……。

あれこれならべて試して、今回は水色と銀でいってみよう、と思った。水色を四本ならべ、右から二番目に銀色を入れる。

おお、きれい……。

きらっとした銀のラインがはいると、やっぱり映える。この組み合わせで結んだこともあったけど、ただならべただけの形は、色の組み合わせのうつくしさが際立つ。

これはときめくなあ。ウキウキしながら、板紙のサイズに合わせて水引を切った。

真っ直ぐにならべて貼るには、隙間を作ってからの方がやりやすそうだ。まず板紙を二枚に切り分けて……。ということは、表に貼る紙も二枚に切り分ける、ってことか。

幅が二対一になるように、設計図を改造する。板紙を切り出そうとしたとき、リビングから母の声がした。なんだろう、と思って時計を見ると、もう六時をすぎている。え、六時？　上野さんとの電話が終わったのは二時前だったはずなのに……。なぜこんなに時間が……？

ドアがあいて母がはいってくる。

「うわ、水引まで……。なんかすごいことになってるね」

母が驚いたように言った。

「これ、なにを作ってるの？」

「箱に水引を貼ってみようかな、と思って……。ねえ、見て。この色の取り合わせ、きれいでしょ？」

そう言って、ならべた水引を見せた。

「へえ、きれいね。でも、箱に水引を貼るってどうやって？　結んで上に貼るってこと？」

母に訊《き》かれ、わたしは自分のプランを話した。

「なるほど、ラインとして使うってこと？　シンプルだけどいいかも」

母が感心したように言って、机の上をながめる。

「たしかに箱に貼るのもいいけど、ノートの表紙とかでも素敵かもね。手作りだから、ノートだと高級すぎるか。でも、アルバムとか……」

「アルバム？」

「アルバムって記念にとっておくことが多いでしょ？　だからちょっと凝った表紙で、値段が高くても買ってくれそう」

　母に言われ、商品として考えるならそれもいいのかも、と思った。夫婦箱《めおと》を買う人はそうそういないだろうし、本を入れる場合はサイズに合わせての受注生産になってしまう。でもアルバムなら……。

「写真って、むかしはプリントして見るしかなかったからね。撮った写真は写真屋さんで全部現像して、プリントしてもらってた。フィルムも買わなくちゃいけないし、現像代もそれなりにかかるから、撮る枚数も厳選して。それを大事にアルバムに貼ってた」

　母に言われ、前に飯田で見せてもらった古いアルバムのことを思い出した。そこにはいまはもうなくなってしまった古い飯田の家やまだ子どものころの母と叔母《おば》が写っていて、祖父や祖母、伯父《おじ》、知らない親戚《しんせき》たちの姿もあった。

　お正月の写真、旅行のときの写真。伯父、母、叔母それぞれの入学式や卒業式の写真。カラーではあるが、色が褪《あ》せてセピアカラーに近くなっていた。

「アルバムだとわざわざ出してこないといけないけど、スマホだったら見たいときにすぐ見られる。出先で暇なときに前に撮った写真をながめたりもできるし。でも、紙にプリントして、大事にとっておきたい写真もあるような……」

　母が言った。

「あ、ところでそろそろ散歩に行かないか、って紫乃が……」

そうだった。恒例の散歩の時間。近所をめぐり、帰りに夕食の買い物をする。正直、いまはこの水引の箱の作業をなんとかしたい気持ちでいっぱいだけど、一日じゅう家にこもっているのもよくないだろう。

「わかった。いま支度するね」

母にそう言って、とりあえず片づけはじめた。

時間が遅くなってしまったので、今日の散歩は近場コース。自由が丘まで歩き、街の周辺をぐるっとまわって帰ってくる。八月も後半になって、だいぶ日が短くなった。七月は七時ごろまであかるかったけど、いまの七時はすっかり夜だ。

歩きながら叔母に水引を使った箱の話をした。母がアルバムの表紙にもできそうだよね、と言うと、叔母が真顔で、それ、すごくいいと思う、と言った。

「なんかね、最近は記念の写真に凝りたいっていう人がけっこういる気がする」

「記念の写真？　集まるのがむずかしいのに、いつ撮るの？」

卒業式も入学式も中止になってしまったし、記念写真って言ったって、どういうときに撮るんだろう？

「たとえば、結婚式。結婚式や披露宴は中止になっても、新郎新婦の写真は記念に残しておきたいでしょう？」

「たしかに。何年も経ってから撮ったんじゃ、意味ないもんね」

母がうなずく。

「この前うちに来たカップルのお客さんも、いまのままだといつ式を挙げられるかわからないし、式はやらないことに決めたらしくてね」

「延期じゃなくて？」

「うん。しないことにしたみたい。結婚式の会場って、何ヶ月も前、人気の会場だと一年くらい前からおさえないといけないわけで、でも、いまは数ヶ月後がどうなってるか、わからないじゃない？　その状況で予約なんてできない、って」

「それはそうよね。費用もめちゃくちゃかかるし」

母がうなずく。

「新婚旅行もいまは行けそうにないし、それだったらそこに使うはずのお金を住居費用にあてて、招待しようと思っていた人たちには、凝った記念品を贈ることにしたんだって。それでうちに器を買いにきたわけ」

「なるほどねえ」

「女性の方がこの近くに住んでる人で、ときどき外からのぞいてたらしくて。記念品を選ぶのに都心に出て行くのも気が引けるし、それでうちの店のことを思い出して、思い切ってはいってみた、って」

「そんなこともあるんだね。それで、記念品は？　気に入ったものは見つかったの？」

母が訊いた。

叔母の店「日日草」は和食器の店で、日本各地の焼き物や漆工芸品を扱っている。だが、いかにも伝統的な和食器ではなく、日常使いしやすいシンプルなデザインのものがそろっている。若手作家の少し個性的で魅力的な作品も多いのだ。

「うん。それがね、けっこう豪快だったのよ。島根の若手作家の大皿で、真っ黒でかなりインパクトのある作品」

「黒の大皿？ 大胆だねえ」

母が目を丸くした。

「男性の方が、いまはみんなあんまり出かけられないから、開けてびっくりするような贈り物の方がいいんじゃないか、って。全部一点ものだから数がないんだけど、式があるわけじゃないから、そろうまで待ちますって」

「なるほどねえ」

「で、式の代わりにフォトウェディングをすることにしたんだって」

「フォトウェディング？」

わたしは訊いた。

「写真館のサービスで、写真だけの結婚式。ドレスも選べて、ヘアメイクもしてくれて、スタジオ撮影だけじゃなくて、ロケーション撮影もできる。庭園とか、歴史的建造物とかを背景にして、衣装を着た花嫁花婿がポーズをとって撮影する」

「そういえばコロナ前だったけど、撮影してるところを見たことがある」

莉子たちと鎌倉《かまくら》に行ったとき、ウェディングドレス姿の女性と、タキシード姿の男性がいて、カメラマンが写真を撮っていた。

「うん。結婚式の日はあわただしいから、写真だけ前に撮っておく、っていうのはコロナ前からあったんだよね。前撮りっていって、七五三や成人式なんかでも利用する人が多かった。けど、コロナ禍になってからは式ができないから、前撮りじゃないんだよね。撮影イコール結婚式、みたいな？」

「うん、うちの社でも、フォトウェディングにしたっていう話を聞いたことがある。結婚式場と同じくらいドレスの種類もあって、ヘアメイクもしっかりしてくれて、撮影自体も非日常体験だから、けっこう楽しかったみたい」

母が笑った。

「集まれないのはさびしいだろうけど。結婚式だけじゃなくて、出産もね。いまは感染症対策で病院には妊婦さん本人しかはいれないみたいだから。旦那《だんな》さんも親御さんもだれもお見舞いに行けない。いまは、ひとりで入院して、退院するまでずっとひとり。あ、途中からは赤ちゃんいるからふたりだけど」

そうなのか、と思った。松下さんのところのようなこともあるけれど、出産のときもだれも赤ちゃんを見に行けないのか。

「おじいちゃんおばあちゃんも孫に会いにいきたいだろうけど、いまはむずかしいよね」

「感染症のことを考えるとやっぱりね。乳幼児の感染者はほとんどいない、って聞くけど、いまは高齢者の方が危ないから」

ニュースでも何度も、高齢者や基礎疾患のある人が感染すると危険だ、と報道されていた。それに病院に感染症ウイルスがまぎれこんだらたいへんだ。クラスターが発生すれば多くの患者さんの命にかかわる。

「そういうこともあって、これから紙の写真が重要になってくると思うのよ」

叔母がわたしを見た。

「どうして？　フォトウェディングは別として、ほかはスマホで写真を撮って送ればいいんじゃないの？　いまはてるばあちゃんの世代もみんなスマホ使ってるんだし」

わたしは訊《き》いた。

「すぐにたくさん見られるっていう点ではいいんだけどね。結婚式や赤ちゃんの写真って、ずっと時間が経ってから見返すこともあるじゃない？　何十年も経ってしまうと、スマホだって機種変更したりして、データがなくなっちゃうかもしれないし」

叔母に言われ、なるほど、と思った。飯田の家にはたくさんアルバムがあって、それをながめていると時代の移り変わりもわかって、けっこう楽しかったのだ。

「たしかに、プリントしてアルバムにしておいた方があとあと見返せるよね」

「紙の写真は、紙という物質でできてるから、劣化していくじゃない？　そこがまた年月を感じさせていいのよ。データの写真はいつまでもなにも変わらないでしょ？　何十年経っても、色褪せないのはすごいことだけど、なんか味気ないっていうか」

叔母に言われて、なんとなくわかる気がした。昭和や大正のモノクロ写真を見て感じる郷愁のようなもの。百年経ってもいまとまったく変わらないデータの画像を見ても、ああいう気持ちにはなれないかもしれない。

まあ、そのころの人類はみんなそれに慣れてしまっているのかもしれないけど。

「つまり、写真にも手触りが大事だと思うわけ。だから、アルバムも需要はあると思うのよね。業者の作ったフォトブックにはない味わいがある。記念館の作る和紙と水引のアルバム。いける気がする」

うわあ、なるほど。さすが商売人……。日日草に置かれている器類はどれもセンスがよく、比較的若い層にもよく売れる。もちろん商品の魅力のおかげだが、選んでいるのは紫乃叔母さん。紫乃叔母さんのセレクトがいい、ということだ。

はなやかで話もうまくて、気さくな姉みたいな叔母。歯に衣《きぬ》着せぬ物言いで、自由奔放。おおらか、と言えば聞こえはいいが、少々大雑把で、きちんとしているとは言い難い。でも、やっぱりひとりで店を営んでいるだけあって、商才があるのだ。

「水引を使うっていうのもいいじゃない？　なんて言っても『水引』は『結《ゆい》』の象徴なんだから。結び目がなくても、縁をあらわすことには変わりない。結婚式にも出産にもぴったりじゃない？　七五三や成人式だって……」

「人と人が助け合う。それが『結』なんだから、贈り物にも合ってる」

母もうなずく。

「とにかく、その箱ができたら見せてよ」

叔母がきらきらした目で言う。

「うん、わかった。がんばるよ」

論文もあるし、そればっかりやってるわけにはいかないんだけどな。

そう思いながら、うなずいた。


数日後、水引を埋めこんだ箱ができあがり、叔母に見せた。

「え、きれい。素敵じゃない？　水引が埋めこまれてるのもいい」

「うん。箱の表面より出っ張ってると、重ねられないし、水引が傷みやすいでしょ？」

「そうだね。これだったら引っかかることもないし」

叔母はそう言って、老眼鏡をかけ、目を凝らす。

「まあ、細かいところの作りがまだちょっと甘い気がするけど……」

ぎくっとした。上野さんには、板紙の断面にも表の紙を貼った方がきれいだと言われたけど、わたしの技術ではそこまではできなかった。だから、水引と板紙のあいだから、少しだけ板紙が見えてしまう。

「あと、こうやって上から下まで水引にすると、表紙としての強度に問題があるかも」

それはわたしも思っていたことだった。ほかの部分は板紙を三枚重ねているが、水引の下は一枚。だからどうしてもそこで折れてしまう。

「やっぱり上から下までにするんじゃなくて、窓みたいにした方がいいのかな」

「そうだね。けど、色合わせはきれいだと思うよ」

叔母は表紙から目を離し、にこっと笑った。

「それにしても、夫婦箱、ずいぶん作ったんだね」

机の上に置かれた箱を見まわし、叔母が感心したように言う。

「うん。やってみてよかった。作ってるうちにわかることもたくさんあったから」

わたしも箱を見おろした。まだまだ作りが甘いなあ、とは思うけど、最初のころよりはだいぶ上達したような気がする。

結局、上達するにはたくさん作るしかないのだ。作業で気をつけなければならない点がいくらわかっても、手が慣れないとその通りには動かない。でも、何度も何度も同じ作業をくりかえしていると、考えなくてもきれいにできるようになる。

少し上達すると、前に作ったものの細かい部分がはっきり見えるようになる。以前はこれでいいと思ったものが、アラだらけに見えてくる。作れば作るほど、課題が増える。職人さんたちはこれを極めた先にいるんだ。

上野さんのにこにこ顔を思い出し、あの笑顔の下にもそれだけの蓄積があるのか、と思った。

とにかくなにも見ないでも夫婦箱が作れるようになった。箱作りについては、夏休みの課題は達成した気がする。論文の枚数がそれほど増えていないのは問題だったが、なにを書くかの道筋はだいぶ決まった。

「あとは論文。来週大学が始まるまで、箱作りはお休みにしてそっちに集中するよ」

「ええーっ、そうなの？　アルバムの表紙作りは？」

叔母が残念そうに言う。

「いや、でもわたし、大学四年だから。卒論書くのが本分だから」

真顔でそう答えた。

「そうだよね、もちろんわかってるって」

叔母も真顔になる。

「夏休みのあいだに少しでも進めておかないと、後期になって泣くことになるから」

先輩たちからもさんざん言われていたことだった。

「いや、わかってるって。わたしも大学生だったことがあるからそれくらいは。まあ、美大だったから、論文は書いてないんだけど……」

さすが紫乃叔母さん。適当である。

「まあ、卒論も大事だよね。でも息抜きしたいと思ったら、アルバムも作ってみてね」

叔母は容赦なくそう言って、ふふっと笑った。

4

夏休みが終わるころ、藤崎さんとオンラインミーティングをすることになった。

藤崎さんは最近たまたま上野さんと話したらしく、そこでわたしの箱作りのことも話題にのぼったらしい。小冊子研究会のサイトの記事も読んでくれているようで、だいぶ上達してるみたいだね、と笑っていた。

shizuku の件も上野さんから聞いたと言っていた。コラボにも興味を持っているようで、できたら実現したい、と言う。

——ほんとですか？　shizuku の文具ラインとのコラボ、やってみたいです！　でも、もう記念館もないですし、藤崎さんもお忙しいですよね。

——うん、医療用品部門が忙しいのは変わらないんだけど、いろいろ体制が整ってきたからね。受注発注のシステムも構築し直して、中途で専門のスタッフを増員したから、仕事量はだいぶ安定してきた。それで、少しずつ時間が取れるようになった。

——ほんとですか。

——一時は忙しすぎてどうなることかと思ったけどね。

藤崎さんが笑った。

——そうそう、秋の内定者研修は僕も一度参加するよ。記念館の担当者として、我が社の歴史を説明してくれ、って社長に言われてるから。

以前は、人前でしゃべりたくない、と言っていたのに、すっかり慣れたみたいだ。

——いまのような状況になって、社長や幹部も思うところがあったみたいで。もちろんその場その場の状況に応じてできることを模索するのは当然なんだけど、もっと会社の特色を世の中にアピールしないといけない、ってことになったんだ。

――特色というと？

――ブランド力っていうのかな。出版社や印刷会社は知ってても、紙を販売する会社があることを知ってる人は少ないだろう？

――たしかにそうですね、大学でも「紙の会社」っていうと、そんなのがあるんだ、って言われることが多いです。

――リモートワークが定着したことで、オフィスで使う紙は減ってきてるしね。たぶん今回のことで一気にペーパーレス化が進む。そうしたら、コロナ禍が去っても、元には戻らないと思うんだ。資源としての紙を節約した方がいいのはたしかだし。

前は古いパソコンを使っていた笹山先生でさえ、オンライン授業のためにパソコンを買い換えている。最初は資料をコピーして送ってくれたけれど、その後は娘さんに教わって、スキャンしたものをPDFにしてオンラインで送ってくれるようになった。こちらのレポートも、いまは全部オンラインで提出。紙は使わない。

母の会社の書類も、PDFで配布され、オンライン上で処理されることが増えた、と言っていた。オフィスで使われる紙は、あきらかに大幅に減っている。

――包装資材の部門も、ウェブ上でのサービスを検討してる。お得意さまのところに行って相談して、っていうこれまでの営業の手法は使えないからね。

——そうですね。

——雑誌の売り上げも全体にさがっているし、会社全体の方向を抜本的に考え直す時期が近づいているのかもしれない。それでまずは会社のブランド力を上げるしかない、っていう結論になったんだ。僕の父が会議で強力に主張したってこともあるんだけど。

——お父さまが？

——そう。父は長いことヨーロッパに行ってたけど、社内でも影響力があるんだよ。やたらと弁が立つんだ。そういうところは僕は全然かなわないわけだけど。

藤崎さんはそう言って腕組みした。

——まあ、それはそれとして。それで我が社のブランド力ってなんなんだ、って考えていて、結局歴史が古いってことなんじゃないか、ってことになったんだよ。

——歴史が古い……？

たしかに、藤崎産業は江戸時代の創業。老舗《しにせ》である。

——つまり伝統があるってこと。記念館はなくなってしまったけど、閉館前の一、二年で、知名度も少しずつあがってきた。まあ、これは祖母の知恵と、吉野さんのがんばりによるところが大きいんだけどね。

——え、そんなことは……。全部藤崎さんの専門知識のおかげで……。

——いや、記念館グッズの作成とワークショップに真剣に取り組んでたのは、僕じゃなくて吉野さんだよ。僕はずっと数の少ない、和紙の良さを理解してくれる顧客の方ばかり見ていた。和紙を知らない人に良さを広める、っていう発想は、吉野さんが来るまで持ってなかったんだ。ワークショップを定期開催するとか、サイトを作るとか、全部吉野さんが言い出したことだろう？

サイトだって「文字箱《もじばこ》」の真似をしただけなのだが……。いろんな企画も、わたしひとりでは思いつかなくて、文字箱の綿貫《わたぬき》さんや井上《いのうえ》さん、モリノインクの関谷さんと出会ったことが大きいんだけど……。

――ありがとうございます。

謙虚なのもいいけど、褒められたときはちゃんと受け入れた方がいい。日ごろから紫乃叔母さんや莉子に言われていることを思い出して、お礼を言って頭をさげる。表情はぎこちなかったと思うが、藤崎さんの方もぎこちない表情でうなずくのが見えた。

――このコロナ禍で社会も大きく変わったし、もう一度会社の在り方を見直そう、という意識が高まった。いまだけじゃなくて、遠い未来を見据えて自分たちの足場をもう一度固め直そう、ということになったんだ。

――遠い未来……。

――いまから十年後、二十年後、ってこと。まあ、それだって紙屋藤崎の長い歴史からしたら、そんなに長いことじゃない。採用試験のとき、父からも聞いたと思うけど、藤崎も長い歴史のなかで、何度も危機があったんだ。

藤崎さんの話では、江戸時代にも何度も店が潰《つぶ》れそうになる危機があったらしい。そういうとき店を救ったのは、奉公人たちの創意工夫とほかの店とのネットワーク。藤崎の危機に外から助け舟を出してくれる店もあったし、ほかの店が傾いたときには藤崎が援助することもあった。

関東大震災のときも、第二次世界大戦のあとも、苦しい時期があった。オイルショックのときにはトイレットペーパーの買い占め騒動が起こり、業界は大混乱。そうしたときも、目先の利益より、世の中に貢献することを選んだ。

──父は、前々から「江戸時代創業」という老舗としての伝統を強く打ち出した方がいい、と思っていたみたいなんだ。でもリーマンショック後は、メセナなんて余裕はないし伝統ではお金は稼げない、って言われて、認められなかった。まあ、父がヨーロッパ支社に行くことになったのも、そのあたりに原因があったんだけどね。

そういうことだったのか。やっぱり企業だからいろいろあるんだな、と思った。

──とにかく、紙業界は放っておけばどんどん沈んでいく。だから、経済活動が停滞しているいま、もう一度しっかり今後の方針を見直そう、って話になったんだ。いつになるかわからないけど、いつかはこの状況も終わる。数年かかるだろうけどね。

──数年……。

思わずため息が出る。

──感染症は世界じゅうに広まってしまっているし、この感染症を撲滅するのはむずかしいだろう。この状態が長く続くほど、もとに戻るのにも時間がかかるようになる。あるとき一瞬でもとの世界が帰ってくる、ということにはならない。傷が治るときのように、少しずつ立ち直っていくしかない。

——そうですね。

認めたくはないけれど、藤崎さんの言う通りだと思った。

——この状況に耐えるのもたいへんなことだけど、また世界が動き出したときのための、準備をはじめないといけないと思うんだ。それで……。

藤崎さんはそこで少し言葉を止めた。

——それで僕も、この機会に記念館を再建する準備をしたい、と社長に進言した。

記念館を再建？

社長に進言？

藤崎さんが社長に進言？　驚いて、藤崎さんの顔をまじまじと見た。不思議なほど自信に満ちた表情だった。

——いま、この時期にですか？

——たしかに、いまは店を開けておくほど損をしてしまう。でも、なにかをはじめる準備をするには悪い時期じゃない。休業する店、撤退する店はたくさんあるけど、新規オープンする店は少ないから、場所探しには適しているとも言える。

なるほど、と思った。前の記念館がはいっていたビルは売却され、もう取り壊されてしまっている。記念館を再度作るためには、まず場所が必要だ。開店する店が多いときは競争も激しくなるだろう。いまなら落ち着いて場所探しができるのかもしれない。

——場所はやっぱり日本橋なんですか？　跡地には、またあたらしいビルができるんですよね？　そこにはいるということはできないんでしょうか？

藤崎産業のビルの跡地は、周囲の土地と合わせて大きなビルができる。そこにテナントとしてはいることはできないのだろうか。そうすれば所在地は変わらないし。

——いや、そのビルは商業施設じゃなくて、オフィスビルになるんだ。店舗ははいらない。あのあたりの建物も考えたが、一等地だからね。賃料はとても高い。再オープンするからには、それなりの広さがほしいからね。

——そうですね、前と同じ広さを確保しなくちゃいけないんですよね。

——いや、僕はもう少し広いスペースを考えてるんだ。

藤崎さんが即座に答える。

——もう少し広い？　なぜですか？

——これまでの記念館みたいな形では人を呼べない。展示だけじゃダメで、いくつかの柱が必要だと思ってる。ひとつは物販。前の記念館で吉野さんがにわかごしらえの販売スペースを作ってグッズ販売をしてくれただろう？

——はい。

もともとは、せっかく作った記念館のオリジナルグッズを販売したい、というところからはじまったものだった。イベントブースのような簡易なスペースではあったが、記念館のグッズだけでなく毎月その時期にあった商品を仕入れて販売していた。

――ワークショップを定期開催するようになって、全体に来場者数が増えたと思う。一度ワークショップを受けた人が、リピーターとして来てくれるようになった。でもそれは、展示だけじゃなくて物販コーナーがあったからだと思うんだ。ＳＮＳの効果もあって、全体に若い層も増えたし。

若いと言っても、十代、二十代というわけではない。それまでは五十代以上しか立ち寄らなかったのに、三十代、四十代も増えて来た、といったところ。それでも、全体にお客さまは増えたし、客層も広がった。

――紙小物の店というだけじゃ、いくらセンスの良いものを集めても限界がある。展示があったり、体験できるスペースがあったりすることがすごく大事だと思った。その品物の由来や作り方がわかると愛着がわくんだよね。だから、小さくても紙漉《かみす》きができるスペースも欲しいと思ったし。

――紙漉き……。たしかにできたらいいですね。

そんなに大きなスペースじゃなくてもいい。舟が一台だけでも……。もちろん、紙漉きを指導できる人が必要にはなるけど。わたしにとっても、美濃和紙の里での紙漉きは、いまでも忘れられない、印象深い体験だった。

――ただ、日本橋だと小津《おづ》和紙で紙漉きを体験できるだろう？　橋の向こう側のエリアだから遠いけど、だったら日本橋以外の場所の方がいいのかもしれないと思った。

――でも、日本橋という、古くからの伝統を感じさせる場所だからいい、ということはないでしょうか？　ほかの繁華街より、日本の伝統と結びつく場所が多いように思うんですが。

――それはその通りだと思う。町のイメージというのは大きいからね。銀座《ぎんざ》や丸《まる》の内《うち》は日本橋と近いけど、雰囲気がちょっとちがう。

――そうですね、近代日本というか、明治以降のイメージが強いです。それに全体に雰囲気が洋風というか……。

――銀座にも鮨《すし》屋や和菓子屋や呉服屋ももちろんあるんだけどね。時代とともに変化して、古いものも融合されていったというイメージがある。丸の内も最近はにぎやかになって来たけど、和紙の店があっても受け入れられるかどうか……。

――浅草《あさくさ》はどうでしょうか？　日本らしさで勝負している土地なんじゃないですか？

――うん、それも考えた。でも、僕としてはそれより押上《おしあげ》のあたりを考えてる。墨田《すみだ》区は「ものづくりのまち」を謳《うた》って、江戸切子や革工芸のような伝統工芸保存に力を入れてるからね。スカイツリーができたことで人出もあるし、浅草よりあたらしさも打ち出せる気がする。

　スカイツリーは前に莉子や小冊子研究会の先輩たちと行ったことがある。にぎやかだけど庶民的な感じがあり、江戸っぽさもある。

――押上、素敵ですね！　和紙をどういうイメージでとらえるか、ということとも関係してくると思います。日本橋だと高級、浅草だと外国人観光客向け、という感じで、もうイメージが固まっちゃってますが、押上はまだこれからという感じがしますし。あ、いまは外国人観光客はいないんですけど。

――でもいずれはまた旅行者がやってくるときが来るだろう。そのとき、和紙をどういうふうに見せるかが重要だ。高級感なのか、雑貨的なかわいさなのか。国内の人でも外国人観光客でもそれは同じなんだけど。

――紙こもの市では、かわいいものが人気ですけど、かわいさにも幅がありますよね。記念館のオリジナル商品は渋めですが、それをかわいいと言ってくれるお客さまもいらっしゃいます。文字箱では、シックで落ち着いたものが売れているようですし。

――品ぞろえを豊富にすれば興味を持つ層も広がるけど、店のイメージはぼんやりする。僕はあまりそういうことに関心を持ってなかったけど、ワークショップの講師の人たちと話していて、やっぱり見せ方は大きいな、と思うようになった。

――はい、文字箱の綿貫さんや、クリエイターの方たちと話していても感じました。

――伝統を大事にしながら、いまに合うあたらしいものを作る。それをいまの人に伝わるように見せる。そのあたりが課題になる。ともかく、あたらしい記念館は、展示・体験・販売を核にしたい。それができる場所にしたいんだ。

藤崎さんはきっぱりと言った。

――社長も、こういう時期だからゆっくり慎重に進めなさい、と言ってくれた。その場の流れに乗るんじゃなくて、藤崎にとってほんとうに実りのあることを模索して、確信をつかんでから起動しろ、と。

藤崎にとってほんとうに実りのあること……。

わたしも来年からは正社員。自分が好きなことを追求するだけじゃなくて、会社全体を考える視点を持たなければならない。いまこうして藤崎さんがその話をしてくれたのも、もうバイトじゃないと認めてくれたから。そのことが誇らしく思えた。

——感染症も、いまはおさまっているけれど、寒くなればまた増えてくるかもしれない。数ヶ月先になにが起こるのかわからない。だから、動けるあいだに僕は記念館のあたらしい候補地を探そうと思う。

——わたしは……。わたしはなにか手伝えることはないんでしょうか？

——うーん、そうだな。

藤崎さんが腕組みする。

——場所探しはどうせ僕にしかできない。そこは僕にまかせてほしいんだ。ただね。

藤崎さんがそこで言葉を止める。大きく深呼吸するのがわかった。

——記念館を再スタートすることになったら、これまでよりさらにオリジナルグッズに力を入れていきたい。

その言葉に息を呑《の》む。最初に紙こもの市を手伝ったときは、雑貨にはまったく興味を示さなかった藤崎さんが……。

――吉野さんのサークルのサイトを見ながら、いま吉野さんの作っている箱もなにか手がかりになるような気がしていた。水引を組みこんだ箱も、新鮮ですごくよかった。

――ほんとですか？

サイトを見てくれているだけでも驚きだったのに、今後の手がかりになるかも、と言ってもらえるなんて。

――そういえば、叔母《おば》や母に言われたんです。アルバムもいいんじゃないか、って。

――アルバム？

わたしは叔母に言われたことを説明した。人が集まるのがむずかしいいま、結婚式や出産などの特別な場面を撮影することが重要になる。記録にもなり、直接会えない人への贈り物にもなり、撮影自体もイベントになる。

――なるほど。フォトウェディングなどを請け負う業者も増えてくるだろうが、どこもほかとの差別化は必要だろうし、手作りの一点ものを求める人が出てくる可能性はある。写真館とタイアップすればそういう企画も可能かもしれないな。

そうか。わたしは個人でプレゼント用のアルバムを作るときのことを考えていただけだったが、そういう方法もあるんだ、と気づいた。

――さっき話していたshizukuとのコラボレーションもすごくいいと思ってるんだ。うちで作れる品物は紙ものにかぎられてしまうけど、コラボレーションすれば商品の幅も広げられるし、お互いの顧客をつなげられるから。

——そうですね。

——ああ、そういえば、モリノインクの関谷さんからも、例の閉館記念グッズのことで連絡があったんだよ。

——閉館記念グッズって、ガラスペンのことですか？

閉館記念グッズとは、記念館の閉館イベントで関係者に配るはずだった記念品だ。関谷さんの友人でガラス作家の野上《のがみ》さんに頼んで、オリジナルのガラスペンを作ってもらうことになっていた。でもイベント自体が中止になってしまったため、記念品の話も立ち消えになったのだ。

——グッズのデザインはもうできていたしね。関谷さんに新記念館の構想を話したら、じゃあ、あのグッズは新記念館のオープン記念グッズにしましょう、って。

——ほんとですか。

それができたらすごく素敵だ。

——それに新記念館ができたらモリノインクとコラボしようという話も出た。オリジナルのインクをならべるんだよ。

shizuku の製品やモリノインクのインク瓶がならべば、店内もはなやかになるだろう。胸がどきどきしてくる。

——だから、吉野さんは吉野さんで、商品のアイディアを作りためておいてほしい。そうだな、目標としては、年度末までに二十種類。

——二十種類？

そんなに……？

——もちろん、二十種類すべて商品化できるわけじゃないよ。

藤崎さんが渋い顔で言う。

——もちろん、わかってます。

わたしも真顔で答える。案出ししたって、採用されるのは十にひとつあるかないかだろう。でも、たくさん考えることではじめて思いつくこともある。

——それから、ワークショップの企画も必要だ。できれば商品とからめられるのが理想だよ。こちらも案出しを頼む。それと、もし新記念館が実現した暁には……。

藤崎さんが少し黙った。

——紙漉きをすることになれば、指導できる人が必要だ。これまでのワークショップみたいに、月に一度じゃない、紙漉き体験は毎週できるようにしたい。できれば職人を雇いたいけど、最初のうちは専任スタッフにやってもらうことになると思う。

——専任スタッフ……？

もしかして、それって……。

——わたしのことですか？

——もちろんそうだよ。ほかにだれがいるの？　だから、いずれ紙漉きの特訓にどこかの産地に行ってもらうことになるかも……。まあ、それはだいぶ先の話だけどね。

藤崎さんが笑った。最初のうちはにこりともしなかった藤崎さんが、こんな晴れやかな笑顔を浮かべるようになったのはうれしかったが、やっぱり鬼だな、と思った。

——というわけで、社員になったら、というか、年明け、卒論が終わったら、やってもらわなければならないことが山のようにあるんだ。お休みはそれまでのあいだだけ。だからいまはしっかり卒論に取り組んでください。

——わかりました。

大きく息を吸ってうなずいた。卒業したら藤崎で働く。これからが本番なんだ。

——大学に行けないのは、気の毒に思うよ。ゼミもサークル活動も、最後の年だったのに。大学祭もオンラインなんだろう？

——そうですね、でも、ゼミもサークルもオンラインでなんとかやってます。

——とは言っても、対面授業にはオンラインにはない学びがあるはずだから。

——はい。でも、わたしたちにとってはいまのこの世界が現実なんです。だからみんなで話しました。こんなことになってなかったら、って思うのはやめよう、って。いまだってできることはあるんだから、悔いがないようにそれをやり遂げよう、って。

——それで、あのサイト作りがあったんだね。「わたしたちの日常」。僕もあれを見て思うところがいろいろあった。いま動かないと、と思ったのも、あそこにあがっている記事のおかげかもしれない。なんだか、うちの祖母まで投稿していたみたいで……。

藤崎さんが恥ずかしそうに笑った。

――飯田のてるさんもお元気そうでよかった。そうだね、みんな生きてる。それでじゅうぶん、とは思わないけど、みんなできることをするしかない。その通りだよ。

藤崎さんの言葉に深くうなずいた。

――わたしも案出しと箱やアルバムの試作をがんばります。論文だけだと行き詰まってしまうんです。本当に余裕がなくなったらそんなこと言ってられなくなるかもですけど、いまのところはときどき手を動かした方が頭も整理できるので。

――僕は場所探しを進めるよ。じゃあ、次は十月の研修の席で。

――わかりました。

深くうなずいて、ミーティングは終わった。

## 5

夏休みがあけ、小冊子研究会では大学祭の準備が本格的にはじまった。といっても、ミーティングはすべてオンラインである。莉子とわたしも、後期初回のミーティングに顔を出した。

――数もかなり集まりましたし、応募はこのあたりで締め切って、編集作業にはいらないといけませんね。

石井さんが言った。サイトに掲載された「わたしたちの日常」の投稿はかなりの数になっている。部員の投稿は合計百以上。外部の人からの投稿も同じくらいある。

──そうだね。この状況が続くかぎり募集は続けられるけど、夏休み期間ということで、区切りもいいし。

　乾くんもうなずく。

──この状況でなにもできないと思ってましたけど、けっこうできるもんですね。集まった投稿もみんな読み応《ごた》えがあって、飽きませんでした。

　天野さんが言った。

──みんなの声が近くで聞こえるみたいで、読んでて楽しかった。

　松下さんも画面オンで、いつもの表情に戻っている。投稿されていた歌を読むとお祖《ば》母《あ》さまには会えていないことがわかるが、気持ちの整理がついたのかもしれない。

──そうだよね。夜の東京がこんなにしずかなのははじめてだったし、もちろんいいことじゃないんだけど、異空間にいるみたいで不思議な体験というか。

　中条さんの言葉に、投稿されていた公園の遊具の写真を思い出した。

──中条さんの遊具写真、すごくおもしろかったです。

──異世界感、ありましたよねえ。

　みんなでしばらくおたがいの投稿に対する感想大会になった。

──積もる話もありますが、今後の問題はこれをどうやってまとめるか、ですね。

　石井さんが話をもとに戻す。

──合わせて二百以上あるんだよなあ。これをまとめるのが主眼なら、文章がメインだから、判型はA5かな。どれもそれほど長くないから、二段組にして、一投稿一段くらいでおさまりそうな気がするけど。

乾くんが言った。

──でも、写真がはいっている投稿もありますよね。写真がないと意味がわからないし、いっしょに載せた方がいいと思うんですよ。

根本くんが指摘する。

──たしかにね。そうなるとひとり一段ってわけにはいかないし、三段組にするか。

──けど、そうすると写真が小さくなっちゃいませんか？

──おもしろい写真も多いし、それはもったいないような気もします。B5で三段組ならいいかもしれないですけど。

乾くんの言葉に、鈴原さんと稲川くんが異を唱えた。

──でもさ、ひとつの投稿に複数の写真がついてることもあるだろう？　このまま全部載せたら、相当なページ数になるよ。B5にしても百ページを超えるんじゃないか？

乾くんが言った。

──そうですねえ。写真なしの短い投稿もあるけど、複数枚ついているものも多かった気がします。一投稿で一ページくらいとっちゃいそうなものもけっこうありますよ。

これまでの小冊子研究会の雑誌は、だいたい数十ページ。数人の部員で原稿を作っているわけで、写真やらイラストやらを入れても、その程度でおさまるのだ。去年の和紙特集はかなり分量があったが、それでも六十ページ程度だった。

――百ページ超えってなったら、印刷費も倍近くかかりますよね。

――そこは表紙をモノクロにすれば、節約できるから……。

――え、表紙モノクロはやばいですよ。地味すぎて売れませんよ。

――でも大学祭で売るわけじゃないんだから、見た目はそんなに関係なくありません？　投稿した人に買ってもらう、っていうのがそもそもの趣旨で……。

ああでもない、こうでもない、とみんなが口々に言い合う。

――すみません、ちょっと確認なんですけど、投稿した人が買う、っていうことは、予約販売みたいにするってことなんでしょうか。

天野さんの言葉に、全員はっと黙った。

――わたしが忘れちゃってただけかもしれないんですけど。たしかに予約販売なら売れ残る心配もないですし、部数をどうするかで悩むこともないですよね。

――いや、そのことについては、まだ考えてなかった。

乾くんが言った。

――そうですね。投稿した人が買ってくれたら、とは思ってましたけど、投稿した人だけに売る、ということまでは決めてませんでした。

石井さんもうなずいた。

――内容はかなりおもしろいんですから、書き手だけに販売するんじゃ、もったいないですよ。一般販売しましょうよ。

根本くんが主張する。

――でもそしたら、どうやって告知して販売するのか、って問題に戻っちゃいますよね？　そもそも大学祭がないと雑誌を作っても売れないいんじゃないか、ってところから出た企画ですし。

鈴原さんが指摘すると、みんな黙ってしまった。

――部員以外に投稿してくれた人は何人いるんですか？

石井さんが言った。

――ちょっと待って。いま数えるから。

乾くんが答え、しばらく沈黙が続いた。

――何度か書いてくれている人も多いので、人数としては四十人くらいってとこかな。

ややあって、乾くんの声が聞こえた。

――ひとり一冊として、部員合わせて五十部くらい刷れば間に合う、ってことですね。今後の販売を考えて、三十冊くらいプラスしたとして、八十部……。

八十部。例年、雑誌は三百部刷っている。一度で完売した年は少ないけれど、毎年販売し続けることで、数年後にはたいていの号が完売する。

石井さんから聞いた、イベントが中止になって一部も売れなかった、という話にくらべれば、八十部という数字は悪くないかもしれない。

――でも、その部数だと、単価は高くなりますね。

石井さんが渋い表情だ。

――それに、投稿した人が必ず買ってくれるとは……。

鈴原さんが心配そうに言った。

――いや、学生はともかく、先輩たちはまず買ってくれると思うし。部員の知り合いの大人たちも買ってくれるんじゃないかと思う。そもそも応援する気持ちで投稿してくれているんだと思うし、そこまで心配しなくても大丈夫だと思うけど。

――そうですよね、うちの母も一回投稿してくれて、雑誌ができたら必ず買うよ、って言ってくれましたし。大人は場合によっては複数冊買ってくれるかなって……。

米倉さんがちゃっかりした表情で言った。

――石井さんは黙ったままだ。

――石井さん、どうする?

乾くんが声をかけた。

――うーん、むずかしいですね。

石井さんは腕組みした。

――わたしとしては、この本は売れるような気がします。それに、多くの人に届けたいとも思う。だから、八十部というのはもったいない。

――ですよね！

　根本くんが元気な声で言った。

――でも、そしたら何部刷りますか？　イベントがない以上、いつもの冊数はやっぱりむずかしいと思うんですよね。百部とか、百五十部とかでしょうか。

　中条さんが言った。

――それで売れたら再版でもいいような気がします。

　鈴原さんもうなずいた。

――来年大学祭が開催されれば、百くらい作ってもなんとかなるような気はするけど。

　乾くんが言った。

――百か……。百ならまあ……。でも再版より一度に刷った方が得ですからねえ。

　石井さんがつぶやくように言って、考えこんでいる。

――ねえねえ、そしたらさ。

　そのとき、莉子が言った。

――この取り組みのこと、hiyoriで紹介できないか、訊《き》いてみようか。

――え、hiyoriで？　そんなこと、できるんですか？

　松下さんが言った。

――hiyoriはレストランやイベント関係の情報が多いけど、そもそもは「ふだんの暮らしをもっと楽しく」がテーマだからね。今回のも暮らしの範囲ではあるし、いけると思うよ。とにかく、いまは外食もイベントもむずかしい時期だから、hiyoriも、料理とかガーデニングとか、家で楽しめることに関する情報が多くて。

莉子が言った。

——じゃあ、もしかして、「わたしたちの日常」に先輩が投稿してた「オクラの観察日記」もその流れだったんですか？

中条さんが訊く。

——そうそう。編集部員もそれぞれ家でなんか育てることになって。わたしはオクラにしたんだよね。やってみるとけっこう愛着が出て。小さいオクラは産毛が生えててかわいいんだよねえ。

莉子がうっとりした顔になる。

——一度にひとつかふたつしかとれないから、料理には使いにくいんだけど。あ、でも、できるだけ大きくしてからとろうと思って収穫をのばしてたら、筋張った硬いオクラになっちゃって、まずかった……。

莉子の言葉にみんな笑った。

——外部の媒体に載れば、関心を持ってくれる人が現れるかもしれませんし、ぜひお願いしたいです。

乾くんが言った。

——うーん、でもhiyoriだと暮らしの情報が中心だからなあ。読者が求めてるのも役に立つ楽しい情報だから、今回の雑誌を買ってくれるところまではいかないかもしれない。

莉子は少し考えていたが、あ、と言って顔をあげた。

——そういえば、この前、たまたま社会問題系のウェブメディアの人に会ったんだ。わたしたちの三年先輩なんだけど、緊急事態宣言のとき、この状況下での大学生の動向を取材して、記事にしてた。

——大学生の動向？

これまで黙っていた石井さんが口を開いた。

——アルバイトもできずに実家にも帰れず、アパートでひとりオンライン授業だけ受けている学生とか、入学してからまだ一度も大学内にはいっていない新入生とか、大学の図書館を利用できずに困っている院生とか……。

——うわあ、僕たちからするとまさにあるあるですね。

稲川くんが言った。

——あの人だったら、「わたしたちの日常」の取り組みに興味を持ってくれるかもしれない。それなりに影響力のあるメディアだし、あそこに取りあげてもらえば話題になって、支援してくれる人も出てくるかも。

——いいですね。

石井さんの目がきらっと光った（ように見えた）。

——先輩、ぜひお願いします。そうしたら、話題になることを見こんで、少し多めに刷りましょう。そもそも百部だと単価をかなり高めに設定しないと赤字になっちゃうんですよ。とんとんに持ちこめる最低ラインが百五十部。だから、百五十部刷りましょう。

きりっとした顔で言い切る。

——そうだね。やっぱり作るからには、売らないと。

乾くんがうなずいた。

——サークル内外問わず、投稿はすべて載せましょう。投稿者ごとに分けることも考えましたが、純粋に日付順になっている方が結局読みやすい気がします。文章の読み物中心ということで、サイズはA5。二段組で、写真もできるかぎり載せる。

——それだとページ数がエグいことになりそうですけど、製作費は大丈夫ですか？

鈴原さんが言った。

——もちろんその分、いつもより単価を上げなくちゃいけないですね。それでも買ってもらえるよう、各人が宣伝に努める。

石井さんも乾くんもそれぞれ自分たちの活動のSNSでそれなりにフォロワーもいる。

——でも、百ページ超えって言ったってさ、文芸部の冊子は毎年それくらいあるじゃない？　二百ページ近いときもあるよ？

莉子が言った。

——文芸部が？

石井さんの目がまた光った（ように見えた）。

――いや、でもあそこは部員が多いから。その分、部費も多いわけで……。

石井さんの様子を見て、乾くんがあわてて言った。

――その分、売ればいいんですよ、売れば！　赤字を恐れてどうする！

石井さんが息巻く。

いやいや、そもそも大学祭がないと雑誌が売れない、赤字を出さずに雑誌を出すにはどうしたら、というところからはじまった話なのでは……？

――そうだよ！　大事なのは広報！　メディアで紹介してもらったり、ＳＮＳでがんばって拡散したりすれば、大学祭という場に頼らなくてもいけるはず！

莉子も煽《あお》り出す。

――いけますよ、絶対！

根本くんも目をぎらぎらさせて言った。

――だいたい、もうどこにも出かけられない日常にうんざりしてるんです！　少しくらい冒険したっていいじゃないですか！　僕たちは若者なんですよ！

莉子、石井さん、根本くんの盛りあがりに引いているのか、ほかはみんな黙っている。

――いいと思います。

そのとき、稲川くんの冷静な声が聞こえた。

――やってみたいです。去年の雑誌が売れたから、前年からの繰越金もありましたよね。だったらここで賭《か》けてみたいです。僕らにとって、大学二年という時期は一度しかないんです。あ、留年しなければ、ですけど。

稲川くんの言葉に、天野さん、鈴原さん、中条さん、二宮さんの表情が変わっていく。

――そうだよね、精一杯やって、思い出にしたいもんね。

鈴原さんが言うと、二年の女子たちがうなずいた。

――米倉も賛成です！　出かけられないからお洋服も買ってないですし、少し赤字になっても大丈夫です！

――じゃあ、いきましょう。とりあえずは百五十部を目指します。

石井さんが言い切った。

――よし、いこう！

莉子がガッツポーズをする。

――おお～！

石井さんの「打倒文芸部！」という声が聞こえ、またそこか、と思ったが言わずにおいた。

6

ミーティングが終わってすぐ、莉子は社会問題系のウェブメディアの人に連絡を取ったらしい。大学祭シーズンを控え、その人も学生たちの大学祭への取り組みに関心を持っていたようで、いくつかの大学と合わせた形ではあるが、記事に取りあげてくれることになった。

部員たちも、早速雑誌制作の準備をはじめた。著作権のこともあるので、サークル外から投稿してくれた人たちから雑誌への掲載許可を取り、サイトを再整備。雑誌の内容をわかりやすく紹介し、雑誌の編集過程もブログ形式で書き綴《つづ》った。通販ページには予約販売も設定した。

そこまで整ったところで、ウェブメディアの取材。石井さん、乾くん、松下さんの三年生三人組がオンラインでインタビューを受けた。記者も「わたしたちの日常」の内容に興味を持ってくれたようで、記事のトップ、分量的にもいちばん多く取りあげてくれることになった。

莉子とわたしは編集作業には基本ノータッチだ。でも、進行はオンラインで管理されているので、ときどきどうなっているのかのぞきに行った。雑誌ができあがっていく様子はなんだか楽しそうで、ちょっとうらやましかった。莉子もわたしも卒論のほか会社の研修もあり、それどころではなかったのだが。

藤崎産業の研修もおこなわれた。オンラインで、四日間。初回は社長のあいさつと、藤崎産業の沿革についてのレクチャーで、こちらは藤崎さんが担当だった。スライドを多用し、内容もわかりやすく、折形のワークショップのときもこんなだったなあ、と思い出した。

それから、それぞれの部署に関する説明。藤崎産業の仕事は家庭紙、書籍用紙、包装資材、医療用品の部門、そして総務関係の部署に分かれているのだが、それぞれ仕事の流れが大きく異なり、内容を把握するのがたいへんだった。さらに、オンラインで使う基本的な技能の講習もあり、研修のあいだは卒論にもほとんど手がつけられなかった。

気がつけば十一月にはいろうとしていた。去年までなら大学祭の準備で大騒ぎしていたころ。

今年はオンラインのみだからポスターだのチラシだのの作成はないが、後輩たちはメッセージのやり取りで忙しそうだ。記事の反響で予約も増えてきていて、百五十部でもなんとかなりそう、という話になっているみたいだ。

雑誌の形も見えてきた。表紙のイラストは石井さんだが、これまでのようにカラフルなものではなく、人がほとんどいない町に立つショーとサッシーが描かれている。少しさびしげな絵柄で、部員の間では、エモいです、と評判だった。

雑誌の入稿が終わったあとは、制作風景（といってもほとんどがオンラインのやりとりだが）と雑誌のページを使った動画の作成。これをサイトに配置し、サークルと部員たちのSNSで拡散した。

莉子もわたしもやりとりのすべては追えなかったけれど、熱気だけは伝わってきた。こっちは卒論をがんばらないとね、とふたりで通話して励ましあった。

大学祭は無事終わり、オンラインの打ち上げにはわたしたちも参加し、実りがあったね、と言い合った。雑誌の売り上げも百を超えた。今後も引き続き売っていくと考えれば悪くない数字である。

それにウェブメディアの記事を読んだ新聞記者が雑誌を購入してくれて、新聞で記事として取りあげたい、と連絡してきたらしい。

十一月の半ばくらいから感染者数が増えはじめ、世の中もまた不穏な雰囲気になってきた。海外でも感染が爆発しているようで、欧米も深刻な状況のようだ。自分にはできることがなにもない。そのことへの苛立《いらだ》ちはあったけれど、いまはとにかく卒論に集中しよう、と思った。

年内最後のゼミが終わり、終了後、時間のあるゼミ生数人でおしゃべりした。

その会話のなかで、実は喘息《ぜんそく》の持病があるという人や、基礎疾患のある高齢の家族と同居している人がいることも知った。その人たちは、もしオンラインがなかったら、大学を休学するしかなかったかもしれない、と言っていた。

喘息持ちだと教えてくれたのは、立野《たての》さんという女子学生で、コロナ禍以前にもよくゼミを欠席することがあり、不真面目だと思って不満を感じていた人もいるみたいだ。持病があることを知って、そういうことだったんだ、と謝っていた。

——事情を話した方がいい、と思ったこともあったんだけどね。知られたくなかったたんだ。気をつかわれるのはいやだったし……。それに、なんともないときはなんともないから。これまで仮病だなんだって言われて、いやな思いをすることもあって。

立野さんは言いにくそうに言った。

——でも、やっぱり、卒業する前にちゃんと伝えておきたい、と思って。なにごともなければ、言わないまま卒業して、別れ別れになっちゃったんだろうけど。

——わたしたち、会えないままで終わるのかな。

小泉さんが言った。

——そうだね。また感染者数が増えてきてるし、卒業式もないみたいだしね。

新井さんがため息をつく。わたしたちはそれでも三年まで大学で顔を合わせてきているけど、今年の一年はまだだれとも画面越しでしか会っていない。こんなことがずっと続いたら、人と人の絆《きずな》が壊れてしまう気がした。

——なんか、さびしいよね。

だれかが言って、みんなうなずいた。

——まあ、でも、いくらなんでも、永遠に続くわけじゃ、ないでしょ。まずはみんなで卒論出してさ。それで、この状況がおさまったら、みんなで会おうよ。

——そうだね、笹山先生も呼ぼう。

——笹山先生と会いたい〜。

——あの癒《いや》しの笑顔を見たいよね〜。

みんなが言い合うのを聞くうちに、笹山先生の笑顔がよみがえった。笹山先生が送ってくれたたくさんの資料。卒論が終わったら、ちゃんとお礼をしたかった。

——あ、あの……。

少し迷ったが、思い切って画面に向かって話しかける。

——卒論が終わったら、みんなで笹山先生にお礼のプレゼントを贈らない？

——プレゼント？

——いいね。資料とかたくさん送ってもらったし、お礼したいとは思ってたんだよ。

——でも、なにを贈るの？　花とか？

——まあ、花もいまは通販で買って、配送してもらうとかもできるみたいだけど……。

みんなが口々に言う。

——手紙がいいと思うんだ。

わたしは答えた。

——会えないから、少しでも人間味があるっていうか、わたしたちがここにいる、って示せるようなものがいいと思うんだよね。だから、手書きのメッセージがいちばんいいんじゃないか、って。

——なるほどねえ。手書きの手紙なんて、最近書いてないけど……。でも、ずっとオンラインだったから、最後くらい手書きもいいかもね。

新井さんが言った。

——でもさ、手紙ってどうするの？　みんなでばらばらに送るってこと？

——うん、それだと記念品、って感じにならないから、ひとつにまとめるのはどうかな、って。わたし、夏休みにたくさん箱を作ってて……。

——あ、「わたしたちの日常」にあげてたやつでしょ？　見てたよ。どんどん増えてくけど、卒論大丈夫かな、って思ってた。

　小泉さんが笑った。そういえば、小泉さんも一度「わたしたちの日常」に投稿してくれたんだった。金子みすゞの童謡と、金子みすゞ記念館を訪れたときの思い出が書かれた、エッセイのような文章だった。

——ああ、あの箱ね。夫婦《めおと》箱って言うんでしょ？　本をしまうのに使ってたって書いてあったよね。平たい箱だし、カードを束ねて入れても素敵なんじゃないかな。

　立野さんもうなずく。

——同じ大きさの紙をふたつに折って、みんなに一枚ずつ送るから、それにメッセージを書いて送り返してもらう。それをわたしの方でまとめれば……。

　でもそれだったら、製本してアルバムにした方がいいのかも。そういえば、小さいころ、絵を束ねて絵本にしたことがあったような……。

　絵を内側にして折って、外側全体に糊《のり》を塗る。それでとなりのページの外側と張り合わせるのだ。そうやってつなげていくと、一冊の本の形になる。

——吉野さん、どうかした？

わたしの反応がないからか、新井さんが訊《き》いてきた。

――あ、ごめん、箱に入れるのもいいけど、束ねてアルバムの形にするのもいいかも、って思って。ふたつ折りにした紙の内側にメッセージを書いてもらって、外側を貼り合わせていくの。そうすれば本の形になる。

――なるほど。小学校のときの先生が同じ方法で文集を作ってくれたことがあった。クラスみんなの絵と文章を束ねて、教育実習にきた先生に渡したんだよね。

小泉さんが言った。

――製本はまだしたことがないけど、表紙の作り方は夫婦箱の作り方と似てると思うし……。製本の本も持ってるから、ちょっと練習してみるよ。

叔母《おば》からもアルバムを作ってみて、と言われていたのだ。

――ええーっ、まずは卒論書かないと。

――みんなのカードが箱にはいってるだけでも、じゅうぶん素敵だと思うよ。

――それはまあ、そうなんだけど……。

その通りである。卒論は少しずつ書き進めているが、結論に近づくほどむずかしくなり、つい工作に逃げようとしてしまう。

――せっかくだからさ、メッセージのほかに写真もいれない？

新井さんが言った。

――ひとりひとり、自分のスナップを貼るの。卒アルにも写真は載るけど、スタジオで撮った写真って、なんか借り物みたいでしょ。ふだんの自然な写真の方がイメージにあってると思うし。

――そしたら、三年のときのゼミ遠足の写真とかもあるよ。

――写真、わたしも持ってるよ。みんなのデータをひとつにまとめて、プリントすればいいんじゃない？　コンビニに行けばきれいにできるし。

小泉さんが言った。

――じゃあ、まずはみんなに用紙を送る。写真を貼る分と、メッセージ書く分。写真の方には自己紹介を書くといいかも。で、次の見開きに先生へのメッセージ。小泉さんには写真を貼るように多めに紙を送るね。

――なるほど。さすが小冊子研究会。

新井さんがうなずく。

――メッセージを先生に渡すのは口頭試問が終わってからだよね。だから、書くのは卒論を提出してからでもいいよ。できたらわたしに送り返してもらって……。

――ひええ、吉野さん、なにからなにまでありがと。

――できあがった箱かアルバム、実物を見てみたいけど……。

――って言っても集まれないもんね。オンラインで見せてもいいし、写真も送るよ。

――そしたら、いまいない子たちには、わたしから連絡しとく。

いろんなことがとんとんと決まる。あとは年明けの卒論提出まで、それぞれがんばろうね、と言って、解散になった。

それからしばらくは寝ても覚めても卒論、卒論。今年はお正月も飯田には行けないから、家でひたすら論文書きである。

記念館の企画の案出しともちょっと似ているところもあって、最後のところは結局閃《ひらめ》きである。前に藤崎さんに言われた、考えても浮かばないときもある、でも考えなければ絶対に浮かばない、という言葉を思い出しながら、日々うんうんうなっていた。息抜きに通販で製本の本を買ったり、年賀状を書いたり。ゼミのみんなに紙も送った。あのときいなかった人たちのために、メッセージを書くのは内側、外側は貼り合わせることになるかもしれないからなにも書かないで、という注意書きも入れた。

そうこうするうちに、論文もほとんど書きあがり、あとは最後のまとめを書くだけというところまで来た。参考文献はもう一覧表にしてあるから、あとはこれを卒論の書式に合わせればいい。

ここまでくれば余裕である。年内最後のゼミのあと、終わるのか不安になってがんばったおかげで、思ったより早く仕上がりそうだ。問題はまとめである。結論は出たけれど、どうやって締めるか、なかなか決められずにいた。

年末には母と大掃除もした。それから叔母と三人でおせち作り。母も叔母も飯田の多津子伯母《おば》さんといっしょに作ったときに、作り方を覚えてきたらしい。

感染者数がどんどん増えてきていて、除夜の鐘も密になるから行けない。それでも大晦《おお みそか》日から叔母もわたしたちの部屋にやってきて、テレビを見たり、年越し蕎麦《そば》を食べたりして過ごした。

ひとりで床についてから、「わたしたちの日常」をぱらぱらめくった。感染者数増大を報じるニュースを思い出し、この状況、いつまで続くんだろうなあ、と思う。なによりも終わりが見えないのが辛《つら》い。

でも「わたしたちの日常」のなかの薫子さんや祖母の言葉を読んで、自分が思い描いた通りにならないことはたくさんあるんだな、と思った。薫子さんも祖母も、子どものころに戦争があった。子ども時代の思い出は苦しいことばかり。いつまで続くのか先も見えず、大人になる前に死ぬのかなあ、と思ったこともあると書かれていた。

戦争、災害、疫病。人類の歴史はいつだってそうしたものととなりあわせだ。呑《の》みこめることばっかりじゃないんだよね、大人にとっても子どもにとっても。人生は、理不尽なことがいっぱいだ。

父が亡くなったときに、母とふたり暗い海を漂うような気持ちになったことをあらためて思い出した。暗くうねって、果てしなく続く海。

それから、父の小説のことを思い出した。『東京散歩』のなかの「屋上の夜」。かつて日本橋髙島屋の屋上にいた象の髙子《たかこ》のことが書かれた話だ。幼少期に髙子を見たとき、父は言いようのない感情に襲われた、とあった。

不安、恐怖、憂鬱《ゆううつ》が混ざったような感情。そうして大人になって再び髙島屋の屋上を訪れたとき、その感情の正体が少しわかったような気持ちになる。ビルの上にひとり過ごす孤独。それは歳をとって少しずつ自分の知っている人たちがいなくなっていく孤独と似ている。

父はそう感じたらしい。まだ大学生のわたしにはそこまでのことはわからないけれど、それまでいた人がいなくなる、その不安は少しわかる。

わたしはたぶん、小川未明の描く海の描写を見て安心したのだ。はじめてそう気づいた。不穏な海だけれど、だからこそ安心した。「海」という詩にはこう書かれている。

海
海
黒い
黒い旗のように
黒い
海
海
海が鳴《うな》る

黒い旗振るように
黒いふろしき振るように
海が鳴《な》る

海
海
黒い
晩のように黒い
墨のように黒い

青くない海。ひたすら黒い海。

あの黒い海はわたしだけが見たものじゃない。それを知っている人がほかにもいるということに、安らぎを感じた。

論文のまとめにはそのことを書こう、と思った。論文にふさわしいかはわからないけど。研究者たちが書く立派な論文じゃない、大学生の書く卒論なんだから、許してもらえるだろう。それがわたしが大学生活を通して得た、ひとつの答えなんだから。

そう思って、目を閉じた。

元日は母たちと年賀状を見たり、飯田の家に電話したりしたあと、おせちを出した。なんとなく飯田で過ごすお正月と似た雰囲気になる。

「そういえば百花、アルバム作りってどうなった？」

おせちをつまみながら、叔母《おば》が訊《き》いてきた。

「まあ、さすがに卒論で忙しくて、それどころじゃなかったか」

そう言って笑う。

「うん、まあ、年内は卒論でいっぱいいっぱいだったんだけど、なんとか目処《めど》がついてきたからね。それと実は、ゼミのみんなで先生に贈り物をしようっていう話になって」

「贈り物？」

「みんなで手書きのメッセージを書いて、それをまとめて先生に贈るんだ。最初はカードに書いてもらって、それをわたしの作った夫婦《めおと》箱に入れようと思ってたんだけど、製本してアルバムみたいにできたらいいね、って話になって。だから、提出が終わったら、製本の練習をしてみようと思ってて」

「ほんとに？」

「うん。実は前に製本に関する本も買ってあったんだ。表紙の材料や道具は箱作りで使ったものをそのまま使えそうだし」

「へええ、そうなんだ。その本見せてよ」

叔母に言われ、部屋から本を取ってきた。今回作るのは、紙をふたつ折りにして外側同士を糊《のり》で貼り合わせる方法。表紙は、水引を埋めこんで作った夫婦箱の蓋と同じ手法で作るつもりだった。

　本文の紙をまっすぐに束ねるところは箱作りにはない作業で、写真を見るとなかなかむずかしそうだ。でも、本を作れると思うとなんだかわくわくした。

「ええー、すごい楽しそう」

　叔母は熱心に本のページをめくっている。糊綴《のりと》じ、糸かがり、和綴じと製本方法もいろいろ、角背《かくぜ》と丸背《まるぜ》の上製本、表紙の角を革や布でくるんだコーネル装など、いろいろな製本の方法が写真と図解つきで紹介されている。

「製本って、ちょっと興味あったのよね。店のお客さんで、ルリユールっていうのかな、製本を習っている人がいて、手製の表紙につけ替えた文庫本とかを見せてもらって、わたしもいつかやってみたいなあ、って……。あとでちょっとだけ作ってみない？」

「え、今日？」

　驚いて叔母の顔を見た。

「うん。今日くらいいいじゃない？　元日なんだから」

「でもこれ、糊で貼り合わせたあと、乾かさないといけないみたいだよ。一日じゃ完成しないかも」

　そう言いながらも、わたしもやっぱり作ってみたくなり、片づけてからふたりで取りかかることにした。

やり方を読みこみながら、午後いっぱいかけて本文用紙の貼り合わせと、表紙作りをした。水引を貼るのはもう箱作りで何度も練習したし、時間がかかるので今日は省略。板紙に紙を貼って表紙の形に整えるだけ。

叔母も見ているだけでなく自分でやってみたいと言うので、材料をふたつ分用意した。本文の紙はゼミのアルバムに使うものと同じものを使用。ページ数もほぼ同じにした。板紙は箱で使っているものと同じもの。

表紙の紙はわたしの持っているもののなかからそれぞれ選んだ。わたしは練習用だから無地の色紙にしたが、叔母はかわいい型染めの紙を選んでいる。わりと気に入っている紙だったので、失敗しないでくれー、と心のなかで祈った。

貼り合わせるとき、外側の全面に糊《のり》づけするのかと思っていたが、その本に書かれた方法だと、小口側と背側を幅五ミリくらいだけで良いらしい。たしかに、全面に糊づけすると紙が波打ってしまうからこの方が良さそうだ。

貼り合わせに使うのは、生ボンドとでんぷん糊。両方とも箱を作るときにも使ったので持っていた。場所によって、ボンドだけ、糊だけ、ボンドと糊を混ぜた糊ボンドというもので使い分けて貼るみたいだ。

まずは本文を束ねる方から。折った紙をしっかりそろえ、上下をクリップで留める。小口側に一枚ずつ糊を細く伸ばし、ずれないように貼る。一枚貼り合わせたら次へ。このくりかえし。最後にはみ出した糊を拭《ふ》き取る。

背側も同じだ。こちらはしっかり固めないといけないのでボンドを使う。クリップで留めてあるが、ずれないようにするのはけっこう神経を使う。ボンドの入れ具合もむずかしかった。あまり多いとはみ出すし、波打ってしまう。でも少ないとあとでばらけてしまうかもしれない。とはいえ、ボンドは乾きがいいので、あまりもたもたしているとくっつかなくなってしまう。

叔母はどうなっているのか、とちらっと見ると、けっこう作業も早く、紙もきちんとそろっている。さすが美大出身。そういえば、小さいころよく絵を描いてくれたり、いっしょに工作をしたりしたっけ。祖母の水引もだが、叔母とのそういう遊びも、わたしが紙小物好きになった理由のひとつなのかもしれない。

本文用紙を貼り終わったら、いちばん外側に見返しをつける。見返しとは、本文と表紙をつなぐ紙である。二つ折りにして、本文の束の方は背側に数センチボンドを入れて貼り、表紙側は全面を貼りつける。叔母は表紙の型染め紙と合わせた色紙を選んでいた。

貼り合わせたら、さらにその外側に補強のための薄い布を貼る。ここはほんとうは寒《かん》冷紗《れいしゃ》という布を使うのだけれど、なかったのでガーゼで代用した。

次は表紙。板紙と表に貼る紙を寸法通り切り出す。板紙は表、裏、背の三枚に分かれていて、本文より少しだけ大きい。表に貼る紙は板紙より一・五センチほど大きく取り、角は斜めに切り落とす。表紙の裏面に糊ボンドを塗り、上に板紙を置く。真っ直ぐずれないように、表の紙に皺《しわ》がよらないようにならべて、隅を折ってくるむ。

「これで表紙と本文がそれぞれ完成だね」

叔母はそう言って大きく息をつく。叔母の型染めの紙もきれいに貼られている。あとは表紙と本文を貼り合わせるだけ。

「紫乃叔母さん、さすがだね。すごくきれい」

「そう？」

叔母もまんざらでもない顔である。

「なんだか楽しそうだけど、夜ごはんはどうするの？」

キッチンの方から母の声が聞こえてきた。時計を見るともう七時近い。

夕食はまたおせち。

「やっぱりおせちはいいね〜。作るのはたいへんだけど、これがあればお正月は料理しなくてＯＫ。ありがとう、年末のわたしたち」

叔母が手を合わせた。

ゆっくり時間をかけて夕食をとる。叔母は製本の作業が楽しかったらしく、うれしそうに話している。むずかしいところはいろいろあるけど、これならゼミの記念品の方も製本できそうだ。そのときは水引の表紙を使おう、と思った。

ボンドは乾いているように見えたけど、念のため一晩重しをして乾かすことにした。続きは明日《あした》。昼食後にいっしょに貼り合わせようと約束した。

翌日の午前中は、三人で奥澤《おくさわ》神社に初詣《はつもうで》に行った。さすがに人は少ない。年末に感染者数急増のニュースが流れていたから、みんな外出を控えているのだろう。さっとお参りだけして、家に帰る。お昼を食べてから叔母と製本作業の続きをした。

本文と表紙を貼り合わせ、これでまた一晩重しをしておかなければならない。でもいちおう形にはなり、叔母も満足していた。

三日からはついに卒論のまとめにかかった。年末に思いついた流れをずっと頭のなかで考えていたから、一気に書くことができた。これでほぼ完成だ。

提出の書式でプリントアウトして、内容を確かめる。母がいつもしているように、赤ペンで直しを入れた。通して読むと、最初の方は書き慣れていないせいか、無駄が多く見える。「概要」もわかりにくいし、ここは全部書き直した方がいいかも……。

もう一度パソコンに向かい、概要を書き直す。赤ペンを入れた部分を手直しするのにも意外と時間がかかり、完全に整ったのは結局提出日の前日。もう一度プリントアウトして、チェックして、細かい修正を入れる。

提出もオンラインだ。提出日はちょっと緊張して早く起きた。以前、提出作業の練習用にテスト提出の機会が設けられていて、そのときも試したのだが、うまくいくか不安だった。

もう一度画面上で内容をチェックし、いざ提出。どきどきしながら送信する。

しばらくして、受理されました、というメールが戻ってきた。これで提出完了。なんだかあっけない。ほんとにこれで大丈夫かな、と思いながら、笹山先生にも提出したことをメールした。

夜になって、提出を確認しました、という笹山先生からの返信がきた。大学から今日の提出者に関する連絡がきたらしい。なにしろオンライン提出なんてはじめてのことだから、大学も情報の整理に時間がかかったらしかった。

提出日は翌日と合わせて二日間。次の日の夜、笹山先生からゼミ生に向けて、全員の提出が完了しました、というメッセージがきた。即座にみんなからお祝いのリアクションがあった。

ほんとは集まって打ち上げをしたいところだけど、口頭試問もオンラインのようだし、卒業式も中止らしい。卒業式なんて退屈な儀式だと思っていたが、ないとなるとやはりさびしい。

とりあえずゼミ生同士、オンラインでおつかれさま会を開いた。立野さんから、会えないのは残念だけどいっしょに学べてよかった、と言われ、こんな状況だったけど、みんなそろって卒論を出せてよかった、と思った。

7

莉子も提出を終えたらしい。提出日の翌日の夜、連絡があった。最後の数日間はほぼ徹夜だったらしく、提出を終えるとそのまま寝落ち。二十時間近く眠り続けて、さっき目覚めたところだと言っていた。

翌週、ゼミのみんなからは次々に写真とメッセージの用紙が送られてきた。写真に添えられた自己紹介にはこれまで知らなかったことが書かれていたし、メッセージの文章もみんなとても良かった。笹山先生以外で全部見られるのが自分だけ、というのがちょっと申し訳ない気がして、とりあえずすべてスキャンして、みんなにまとめて送ることにした。

全員分のメッセージが集まったところで、製本をおこなった。みんなの大事なメッセージを預かるのだ。失敗はできない。あのあと三冊製本の練習をしたけれど、本番はやはり緊張した。

順番をたしかめながら、一枚ずつ重ね、きっちりそろえる。ていねいにそろえてクリップで留め、糊《のり》を入れた。水引を埋めこんだ表紙はあらかじめ作ってあった。表紙の紙はみんなの希望も聞いて青にした。水引は白と銀色。

表紙と本文を合体させ、本の形になったところで写真を撮り、みんなに送る。ページが開いた様子がわかるように動画も撮った。

口頭試問の日には、最後のゼミもおこなわれる。わたしたちにとっても最後のゼミだが、笹山先生にとっても最後のゼミだ。長い長い教員生活最後のゼミ。本来なら最終講義もおこなうところなのだろうが、いまはできない。

ほんとなら最後のゼミの日に手渡ししたい。でもそれは無理だから、前日にアルバムを届けよう、ということで、着日指定で発送した。


口頭試問はひとりずつ。先生は、主査の笹山先生と副査の先生のふたり。指定された時間にオンラインツールの部屋に入室した。どんなことを訊《き》かれるのだろう、とどきどきしていたが、画面にはいつもと同じおだやかな笹山先生の顔があって、ほっとした。

副査の先生からは、不備やはっきりしない点を指摘され、返答に迷ったところもあったが、最後はふたりとも「よくがんばりました」と認めてくれた。

——まとめもね、気持ちがこもっていて、とてもよかったですよ。論文という点で言えば、もっと客観的に書くべきなんでしょうけど、読んでいて、こういう学生を指導することができてよかったな、と感じました。

笹山先生が微笑む。そのときなんだかうわっと気持ちがこみあげてきて、泣いてしまった。


みんなの口頭試問が終わったあと、最後のゼミがはじまった。画面に映った先生は、わたしたちが送ったアルバムを手に持っている。

——昨日、このアルバムが届きました。とてもうれしかった。ありがとう。

笹山先生はそこで言葉を止め、頭をさげた。みんなじっと黙って聞いている。

——長い教員生活のあいだにはいろいろありましたしね。もう学生たちの年からだいぶ離れてしまったし、自分が教えていることがみんなにとって意味があるのか、と悩んだこともありました。それでも伝えたいことはある、と思って続けてきたんです。アルバムを見て、しっかり受け止めてくれていたことがわかって、とてもうれしかった。

なんだかまた泣きそうになり、じっとこらえた。

——今回のこのアルバム、作ってくれたのは吉野さんなんですね。

——はい。

——これを作るっていうのも吉野さんの発想なんです。会えないからせめて手書きの文字を送りたいって。

小泉さんが言った。

——そうでしたか。わたしもこの状況のなかで、あらためて紙というものの偉大さを感じました。いまはオンラインでコミュニケーションできる便利なツールがありますけど、むかしは手紙しかなかったんですね。紙が人の気持ちをのせて、遠くに運んでくれた。本もそうです。紙と文字があったから、むかしの人の言葉を目にすることができる。言葉を遠くに届けたいという強い欲望を、紙と文字が支えてきたんですね。

笹山先生の言葉に大きくうなずく。

——吉野さんは卒業後、紙屋さんで働くんでしたよね。

——はい。

——紙にかかわる仕事をするということは、その歴史を背負うこと。皆さんもそうです。どんな仕事も、これまでの歴史を背負っている。過去を背負い、先に進む。生きるとはそういうことです。世の中はいいことばかりではないですから、苦しむこともあるでしょう。でも、よく生きてください。

笹山先生にそう言われ、やっぱり泣いてしまった。見るとほかのみんなもうつむいたり、目尻《めじり》を拭《ふ》いたりしている。笹山ゼミでよかった。いつか先生やみんなと集まって、ゆっくり話したい、と思った。

翌日、卒論の口頭試問が終わったことを藤崎さんに連絡した。大学のすべての課程を修了したのだ。藤崎さんから折り返し電話がきて、まずはおめでとう、と言われた。

——ありがとうございます。

——実は僕の方も連絡したいと思っていたところだったんだ。

藤崎さんが言った。

——新記念館の候補地が決まった。

——え、ほんとですか？　前に言っていた押上でしょうか？

——いや、ちがう。川越だ。

——川越……？

以前藤崎さんと川越に行ったときのことを思い出した。

川越といえば、活版印刷をお願いしている三日月堂のある場所。料紙作家の岡本《おかもと》さんの工房兼住居もある。だが、川越といえば埼玉県で、池袋から三十分近くかかる。そんなに遠い場所で大丈夫なんだろうか。

――最初は押上で探していたんだよ。でもなかなか条件の合う場所が見つからなくて。それが去年の十二月、祖母のところに別の筋からこの話が舞いこんできたんだ。

別の筋とは、前社長の知り合いで、以前川越で建具屋を営んでいた人だった。そのお店はいまは内装店となり、桶川《おけがわ》に移ったが、店の創業者はかつて日本橋の店に奉公していた人で、藤崎産業が紙屋藤崎だったころにつきあいがあったらしい。

川越で店を起こすとき藤崎にお世話になったということで、薫子さんのところにはいまもお中元やお歳暮が贈られているのだそうだ。薫子さんがお歳暮のお礼で連絡したときに新記念館の話をすると、川越ならいい物件があるんですが、と言われた。

――それが、その人の店が川越にあったころつきあいのあった呉服屋さんでね。店は閉じたが、建物はそのままにしていた。景観重要建造物に指定されている蔵造りの建物だそうで、壊すには惜しい、というのがあったみたいで。

川越の町を歩いたときのことを思い出す。川越の町には古い建物がたくさんならんでいた。そうしたもののひとつということなんだろうか。

――でも、維持管理にはかなりのコストがかかる。行政も、景観保護の観点から改修工事などには補助金を出してくれるみたいだが、その後の維持は支えきれない。それで、古い建物を民間の事業者に貸して再活用することを推進しているみたいなんだ。

そういえば一番街《いちばんがい》の古い建物にもみなお店がはいっていた。

――結局、建物というのは手を入れ続けないとどうしても古びてしまう。ただ保存しておく、というわけにはいかない。人が使わないとダメなんだ。それで、その呉服屋さんも貸し出しを考えていたらしくて。祖母の話を聞いて、その呉服屋さんを紹介してくれた。それで、社長と父のところにも話が来て……。

さすが薫子さん。パワーが違う。

――祖母と社長が呉服屋さんと話したところ、建物を見て気に入ってくれたら、ご縁だからお貸ししますよ、と言ってくれた。それですぐ、社長と父と僕で建物を見に行ったんだ。そうしたらこれが、写真で見た以前の紙屋藤崎の社屋とかなり似ていてね。

――あの古い写真のですか？

――そうなんだ。呉服屋と紙屋だからもちろん棚の造りとか細かいところはちがうけど、むかしの店だから全体の雰囲気はよく似ている。広さもじゅうぶんだった。店の奥に蔵もあって、そちらも手を入れればじゅうぶん使えそうだ。

――でも、場所はいいんですか？　東京から離れてしまいますが。

――うん、父も同じことを言っていた。でも僕はかえっていいような気がしたんだ。祖父と川越に行ったときの話はしたよね。川越は、紙屋藤崎がある日本橋と、祖母の家のあった小川町の中間のような場所だ。城もあって、ひとつの町として栄えた場所。そしていまでもその面影が残っている。日本橋にはもうなくなってしまった「江戸」の姿がそこにある。記念館はそういう場所でこそ輝くような気がした。

たしかに、川越の町はわたしたちが行ったときも観光客でにぎわっていた。東京から近いのに、観光気分を味わえる。非日常の空間だ。そういうところでなら、めずらしいものを見たり、体験したり、おみやげを買おうという気持ちも高まるかもしれない。

——紙漉《かみす》きの道具も、ああした空間だったらコンクリートのビルのなかに置かれているより映えると思う。より実感を持って受け止めてもらえると思うし、和紙だって……。

藤崎さんといっしょに訪れた岡本さんの工房や、大正浪漫夢《たいしょうろまんゆめ》通りの鰻《うなぎ》屋さんのことを思い出した。ああいう建物が記念館になる。考えただけでどきどきした。

——社長としては、あの建物でいこう、という心算になってきている。あとはこちらの企画次第だ。かなり大きな話だからね。しっかり企画を練るように言われている。

——その建物、わたしも見てみたいです。

——僕が見に行ったのは年末に近いときだったんだけど、そのあと感染者数が増えてきてしまったからね。でも、ピークも越えてきたし、もう少し待てば緊急事態宣言も解除されるだろう。そうしたら、いっしょに見に行こう。

あたらしい記念館。むかしの紙屋藤崎を思わせる古い建物。胸が高鳴った。

——わかりました。

まだまだ考えなければならないことはたくさんあるけれど……。

——どんな仕事も、これまでの歴史を背負っている。過去を背負い、先に進む。生きるとはそういうことです。世の中はいいことばかりではないですから、苦しむこともあるでしょう。でも、よく生きてください。

笹山先生の声がよみがえり、胸のなかで、がんばります、と答えた。

本書は書き下ろしです。

# 紙屋《かみや》ふじさき記念館《きねんかん》

## 結《ゆい》のアルバム

ほしおさなえ

令和4年 11月25日　初版発行

発行者●山下直久

発行●株式会社KADOKAWA
〒102-8177　東京都千代田区富士見2-13-3
電話　0570-002-301（ナビダイヤル）

角川文庫 23424

印刷所●株式会社暁印刷
製本所●本間製本株式会社

表紙画●和田三造


ISBN 978-4-04-113179-4　C0193

◇◇◇

# 角川文庫発刊に際して

角　川　源　義

第二次世界大戦の敗北は、軍事力の敗北であった以上に、私たちの若い文化力の敗退であった。私たちの文化が戦争に対して如何に無力であり、単なるあだ花に過ぎなかったかを、私たちは身を以て体験し痛感した。西洋近代文化の摂取にとって、明治以後八十年の歳月は決して短かすぎたとは言えない。にもかかわらず、近代文化の伝統を確立し、自由な批判と柔軟な良識に富む文化層として自らを形成することに私たちは失敗して来た。そしてこれは、各層への文化の普及滲透を任務とする出版人の責任でもあった。

一九四五年以来、私たちは再び振出しに戻り、第一歩から踏み出すことを余儀なくされた。これは大きな不幸ではあるが、反面、これまでの混沌・未熟・歪曲の中にあった我が国の文化に秩序と確たる基礎を齎らすためには絶好の機会でもある。角川書店は、このような祖国の文化的危機にあたり、微力をも顧みず再建の礎石たるべき抱負と決意とをもって出発したが、ここに創立以来の念願を果すべく角川文庫を発刊する。これまで刊行されたあらゆる全集叢書文庫類の長所と短所とを検討し、古今東西の不朽の典籍を、良心的編集のもとに、廉価に、そして書架にふさわしい美本として、多くのひとびとに提供しようとする。しかし私たちは徒らに百科全書的な知識のジレッタントを作ることを目的とせず、あくまで祖国の文化に秩序と再建への道を示し、この文庫を角川書店の栄ある事業として、今後永久に継続発展せしめ、学芸と教養との殿堂として大成せんことを期したい。多くの読書子の愛情ある忠言と支持とによって、この希望と抱負とを完遂せしめられんことを願う。

一九四九年五月三日

# 先輩と僕

総務部社内公安課

愁堂れな

## 配属先の裏ミッションは、不正の捜査!?

宗正義人《むねまさよしと》、23歳。海外でのインフラ整備を志し、大不祥事に揺れる総合商社・藤菱《ふじびし》商事に周囲の反対を押し切り入社した。しかし配属先は薄暗い地下にある総務部第三課。予想外の配属に落ち込む義人だが、実は総務三課は社内の不正を突き止め摘発する極秘任務を担う「社内公安」だった！　次のターゲットは何と、大学時代の憧れの先輩である真木《まき》。義人が藤菱を志望する理由となった彼は、経理部で不正を働いているらしく――!?



ISBN 978-4-04-112646-2

ISBN 978-4-04-111427-8